뜻대로 하세요

As You Like It

William Shakespeare

As You Like It

뜻대로 하세요

윌리엄 셰익스피어 지음 · 정유선 옮김

RAINBOW PUBLIC BOOKS

차 례

등장인물

올리버

롤란드 드 보이스 경의 맏아들

제이퀴즈 드 보이스

롤란드 드 보이스 경의 둘째 아들

올란도

롤란드 드 보이스 경의 막내아들

데니스

올리버의 하인

아담

올리버의 늙은 하인, 올란도의 친구

프레드릭 공작

형의 작위를 빼앗은 현 공작

실리아

프레드릭 공작의 딸, 로잘린드의 사촌

르 보

프레드릭 공작의 신하

찰스

프레드릭 공작 궁정의 레슬링 선수

터치스톤

궁중 어릿광대

전임 공작

동생 프레드릭에게 추방당한 공작

로잘린드

전임 공작의 딸

제이퀴즈

전임 공작을 따르는 귀족

아미엔스

전임 공작을 따르는 귀족

코린

양치기 노인

실비어스

피비를 짝사랑하는 양치기 청년

피비

실비어스를 업신여기는 양치기 처녀

오드리

터치스톤에게 구애받는 시골 처녀

윌리엄

오드리를 짝사랑하는 시골 청년

올리버 마텍스트 경

교구 사제

히멘

결혼의 신

※ 방백이란?
연극 등에서 등장인물의 대사가 무대 위의 다른 인물에게는 들리지 않고 오로지 관객에게만 들린다고 약속한 대사.

1막

1막 1장

『올리버의 집 마당』

(올란도와 아담 등장한다)

올란도

아담, 내가 기억하기로는
단돈 천 크라운이긴 하지만
아버지께서 내게도 유산을 남기셨어.
그리고 아담 말대로 아버지의 축복을 받고 싶으면
나를 잘 키워달라고 올리버 형에게 당부하셨지.
거기서부터 내 불행이 시작된 거야.
큰형이 제이퀴즈 형에게는
대학 학비도 대주고 있어.
듣자 하니 제이퀴즈 형은 실력도 출중한가 봐.
그런데 나는 촌 무지렁이처럼
집 안에만 붙잡아두고 있잖아.

아니, 더 정확히 말하면 나를 집에 처박아두고
아예 돌보지 않는 거지.
기사의 아들로 태어난 사람을
이렇게 홀대해도 되는 거야?
외양간의 황소보다 나은 게 없잖아.
형의 말들이 나보다 더 귀한 대접을 받을걸.
그 말들은 어찌나 잘 먹였는지
털이 반질반질하고,
제대로 훈련받아서
명령에 고분고분 따를 줄도 알아.
그것 때문에 큰돈을 주고
말 조련사까지 고용했다니까.
그런데 동생인 나는 형 밑에서
아무 혜택도 받지 못하고
몸뚱이만 자라고 있어.
이 정도 혜택은
퇴비 더미를 뒤지는 가축들도 받을걸.
게다가 형은 내게 베푼 것은 하나도 없으면서
내가 태어날 때부터 가졌던 것마저
빼앗아 가고 있어.
나는 하인들과 같은 상에서 밥을 먹으라 하고
동생 자리에서도 몰아내려고 해.

어떻게든 교육받을 기회를 뺏으려 하고,
타고난 신사의 지위를 깎아내리고 있다고.
아담, 이런 것들이 날 마음 아프게 해.
내가 물려받은 아버지의 기백이
이런 노예 대접에 맞서라고 속에서 부추기고 있어.
난 더 이상 참지 못하겠어.
하지만 이 일을 해결할 뾰족한 수를
아직 찾지 못했지.

(올리버 등장한다)

아담

저기 나리가 오시네요.
큰형님 말이에요.

올란도

아담, 저쪽으로 가 있어.
형이 날 얼마나 괴롭히는지 잘 들어 봐.

(아담은 한쪽으로 물러선다)

올리버

이 녀석아! 여기서 뭐 하고 있지?

올란도

아무것도 안 해요.

뭘 할 수 있는 걸 배웠어야 말이죠.

올리버

그럼 뭘 망가뜨리고 있는 거냐?

올란도

형님을 도우려고

제 신세를 망가뜨리고 있어요.

신이 빚은 딱하고 쓸모없는 동생을

형님이 게으름으로 망치려고 하니

제가 도와야죠.

올리버

쯧쯧, 이 녀석아. 가서 쓸 만한 일을 해.

잠시라도 내 눈앞에 나타나지 말거라.

올란도

형님 돼지들이나 치면서 그것들과

여물이라도 나누어 먹을까요?

저는 이제껏 돈도 한번 못 써보고,

왜 이렇게 쪼들리며 살아야 하죠?

올리버

지금 여기가 어딘 줄 알고 그렇게 얘기하는 거냐?

올란도

형님도 참, 알다마다요.
형님 집 마당이잖아요.

올리버

누구 앞에 서 있는지도 알고?

올란도

그럼요.
제 앞에 있는 분이 저를 아는 것보다
제가 그분을 더 잘 알죠.
제 큰형님이신데 당연히 알아야죠.
이제 형님도 우리가 똑같이
고귀한 핏줄을 타고난 형제라는 걸 인정하세요.
장남이 아버지의 전 재산을 물려받는
장자상속제 관습에 따라 장남인 형님이
이 집안 어른이라는 건 인정합니다.
하지만 그 관습이 제 핏줄을 지울 수는 없어요.
우리 사이에 형제가 스무 명은
더 있다고 해도 마찬가지예요.
제게도 형님처럼 아버지의 피가 흐르고 있어요.
형님이 저보다 먼저 태어나서
아버지와 정이 두텁긴 했지만요.

올리버

(올란도를 위협하며) 이런 몹쓸 녀석!

올란도

(올리버의 목을 움켜쥐고) 어디 덤벼보세요, 형님.
이런 싸움으로는 저를 못 당할걸요.

올리버

악당 녀석, 날 때릴 작정이냐?

올란도

저는 악당이 아니에요.
롤란드 드 보이스 경의 막내아들이란 말입니다.
그분이 제 아버지이시니,
아버지더러 악당을 낳았다고 말하는 사람이
세 배는 더 악당이에요.
제 형님만 아니었다면
한 손으로 이렇게 목을 움켜쥐고,
다른 한 손으로는 그런 말을 지껄인 혓바닥을
뽑아버렸을 겁니다.
형님은 자기 얼굴에 침을 뱉으신 거예요.

아담

(앞으로 나오며) 두 분 진정하세요.
돌아가신 아버님을 생각해서라도
우애 있게 지내셔야죠.

올리버

(올란도에게) 이거 놓지 못하겠느냐?

올란도

억울한 마음이 가라앉기 전에는 못 놓겠어요.
제 말 좀 들어보세요.
아버지는 형님에게 저를 제대로 교육하라는
유언을 남기셨어요.
그런데 형님은 저를 소작농처럼 키웠다고요.
신사의 소양을 기르지 못하게 하고,
또 그런 것들이 다 묻히게 했어요.
아버지의 기백을 물려받은 탓에
울분이 치밀어서 더는 못 참겠어요.
그러니 제가 신사다운 교양을 쌓을 수 있게
배움의 기회를 주세요.
그게 아니면 아버지께서 제 몫으로 남기신
얼마 안 되는 유산을 제게 주세요.
그 돈으로 살아갈 방도를 찾아보겠어요.
(올리버를 놓아준다)

올리버

그래서 뭘 할 생각이냐?
돈이 다 떨어지면 구걸이라도 하려고?
쯧쯧, 안으로 들어가거라.
더 이상 네 일에 신경 쓰고 싶지 않다.
네 몫을 줄 테니 썩 꺼지거라.

올란도

제 몫을 주신다면

더 이상 형님을 괴롭힐 이유가 없죠.

올리버

(아담에게) 이 녀석 따라서 썩 물러가!

영감탱이, 이 쓸모없는 늙은 개야!

아담

이제껏 나리를 모신 대가가

'늙은 개'라는 욕을 듣는 겁니까?

아주 틀린 말은 아니네요.

나리를 모시느라 이가 죄 빠졌으니까요.

주인 나리, 부디 하늘에서 편히 쉬세요!

돌아가신 주인 나리께서는

절대 그런 말을 입에 담지 않으셨습니다.

(올란도와 아담 퇴장한다)

올리버

이렇게 나오시겠다?

나한테 기어오르겠다는 거지?

버릇없이 대드는 녀석은 혼쭐을 내줘야 하는데….

천 크라운은 어림도 없지.

여봐라, 데니스!

(데니스 등장한다)

데니스

나리, 부르셨어요?

올리버

공작 댁 레슬링 선수 찰스가
날 보러 오지 않았느냐?

데니스

예, 와 있습니다.
문 앞에 와서 나리를 만나게 해달라고
졸라대고 있었습니다.

올리버

안으로 들어오라고 해라.
(데니스 퇴장한다)
좋은 방도가 떠올랐어.
마침 내일 레슬링 대회가 있군.

(찰스 등장한다)

찰스

나리, 안녕하셨습니까?

올리버

찰스, 잘 지냈는가?

새 궁정에 새로운 기별이라도 있나?

찰스

궁정에 새로운 기별은 없고,

이미 소문이 퍼진 낡은 기별만 있습니다.

예전 공작께서 동생에게 쫓겨나시고,

그 동생이 새 공작이 되셨습니다.

충성스러운 귀족 서너 명은

전임 공작을 따라 스스로 망명길에 올랐습니다.

새 공작께서는

그들에게서 몰수한 땅과 소작료 덕분에

호박이 넝쿨째 굴러떨어지게 됐으니,

그들의 망명을 무조건 허락했답니다.

올리버

그럼 전임 공작의 따님인 로잘린드 아가씨도

부친과 함께 추방되셨는가?

찰스

아닙니다.

새 공작께 실리아라는 따님이 있는데,

이 아가씨는 사촌인 로잘린드 아가씨와

요람에서부터 함께 자랐지요.
그런 연유로 로잘린드 아가씨를 무척이나 따라서
사촌 언니를 따라 망명길에 오르겠다고,
만약 못 가게 하면 죽어버리겠다고
으름장을 놓았답니다.
그래서 로잘린드 아가씨는 궁 안에 남아서
숙부인 현 공작께 친딸 못지않게 사랑받고 있습니다.
두 아가씨처럼 서로 아끼는 여인들은 또 없을 겁니다.

올리버

전임 공작께서는 어디서 지내실 거라던가?

찰스

소문으로는 아덴 숲에서 지내고 계신답니다.
주변에 유쾌한 사람들이 많아
즐겁게 지내시는 것 같아요.
그 사람들은 숲속에서 잉글랜드의 옛 의적
로빈 후드처럼 사는 모양이에요.
사람들 말이 날마다 젊은 신사들이 무리 지어
공작 주위로 몰려든답니다.
옛날 황금시대 사람들이 그랬던 것처럼
태평하게 근심 걱정 없이
세월을 보내고 있을 거랍니다.

올리버

그나저나 자네도 내일 새 공작 앞에서
레슬링을 한다지?

찰스

그렇습니다.
사실 그 일로 드릴 말씀이 있어 찾아왔습니다.
제가 살짝 들은 얘기가 있어서요.
나리의 동생인 올란도 도련님이
신분을 감추고 레슬링 시합에 출전해
저와 맞붙고 싶어 한답니다.
나리, 내일 저는 제 명예를 걸고 싸울 겁니다.
저와 싸우고도 팔다리가 성하려면
실력이 뛰어나야 할 겁니다.
도련님은 아직 어리고 나약합니다.
나리를 봐서라도 도련님을 무자비하게
이기고 싶지는 않습니다.
하지만 도련님이 제게 끝까지 덤빈다면,
저는 명예를 걸고 물리칠 수밖에 없습니다.
나리를 생각하는 마음에
이 소식을 전하러 온 겁니다.
이 계획을 막지 못하시면
도련님이 떠안을 불명예를 함께 감수하셔야 합니다.
그건 도련님이 자초한 일이고,

제 뜻은 전혀 아니라는 것을 말씀드립니다.

올리버

찰스, 나를 그리 생각해주다니 고맙네.
이 일은 크게 보답하지.
나도 동생의 계획을 알고 있네.
그 애를 단념시키려고 남몰래 애를 썼지만,
그 애 생가은 확고해.
찰스, 분명히 말하는데 그 녀석은
이 프랑스에서 가장 악랄한 녀석일 거야.
야망으로 똘똘 뭉쳤고,
잘난 사람을 보면 악의적으로 깎아내리지.
친형인 나를 두고도
뒤에서 흉악한 계략을 꾸미는 녀석이야.
그러니 자네 뜻에 맡기겠네.
그 녀석 손가락뿐만 아니라
목을 부러뜨려도 좋아.
그래도 조심해야 할 거야.
만일 자네가 그 녀석에게
조금이라도 망신을 주거나,
그 녀석을 이겨버리면 가만있지 않을 테니까.
그 녀석은 자네를 독살하려 들거나,
어떤 흉계를 꾸며서라도 함정에 빠뜨리려 할 거야.

수단과 방법을 가리지 않고
자네 목숨을 해하기 전에는
절대로 그냥 놔주지 않을 거란 말이지.
이런 얘기를 하게 되어 눈물이 날 지경이지만,
분명히 말하겠네.
어린놈치고 그렇게까지 악랄한 놈은 절대 없을 거야.
형으로서 이런 사실을 덮어두고 있었지만,
자네 앞에서 그 녀석 됨됨이를
낱낱이 파헤치자고 들면
나는 창피해서 얼굴을 들 수 없을 거야.
속절없이 눈물만 흐르겠지.
자네는 기겁해서 낯빛이 하얗게 질릴 수도 있어.

찰스

이렇게 찾아뵙기를 정말 잘한 것 같습니다.
내일 도련님이 나타나면
제가 뜨거운 맛을 보여주겠습니다.
만일 시합 뒤에도 도련님이
두 발로 멀쩡히 걸어 나간다면,
저는 상금이 걸린 레슬링 시합에는
두 번 다시 나가지 않겠습니다.
나리, 그럼 안녕히 계십시오.

올리버

찰스, 잘 가게.

(찰스 퇴장한다)

자, 이제 요 맹랑한 녀석을 부추겨야지.

그 녀석이 끝장나는 꼴을 봐야겠어.

왜 이렇게 꼴 보기 싫은지 모르겠다니까.

학교에 다닌 것도 아니고 따로 배운 것도 없는데

어찌 그리 예의 바르고 생각도 남다른지.

모든 사람이 홀린 듯 그 녀석을 좋아하니

늘 세상의 주인공 같잖아.

특히 그 녀석을 아주 잘 아는 내 하인들조차

녀석을 좋아하니 내가 완전히 무시당하는 기분이야.

하지만 그리 오래가지는 못할 거야.

방금 다녀간 찰스가 모든 걸 해결해줄 테니까.

이제 녀석이 경기에 나가도록 부추기는 일만 남았군.

어서 일을 해치워야지.

(퇴장한다)

1막 2장

『공작의 궁정』

(로잘린드와 실리아 등장한다)

실리아

소중한 내 사촌 로잘린드 언니,
부디 언니가 즐겁게 지내면 좋겠어.

로잘린드

실리아, 속상한 마음을 감추고
즐거워하는 모습을 보여주려 애썼는데
더 즐거워하라는 거니?
추방당한 아버지를 잊는 법을
가르쳐준다면 모를까,
난 즐거운 일이 하나도 떠오르지 않는단다.

실리아

그럼 언니는 내가 온 마음을 다해

언니를 사랑하는 만큼
나를 사랑하지 않는 거야.
만일 추방당한 큰아버지께서 반대로
내 아버지를 추방했더라도,
언니가 늘 내 곁에 있어 주기만 한다면
나는 큰아버지를 내 아버지처럼
사랑하려 했을 거야.
나에 대한 언니의 사랑이
언니에 대한 내 사랑만큼
진실하다면 언니도 그랬을 텐데.

로잘린드

그래, 내 불행은 다 잊고
너의 행복을 같이 기뻐하자.

실리아

언니도 알다시피
아버지에게 자식은 나 하나뿐이고
더 생길 리도 없잖아.
그래서 진심으로 하는 말인데,
아버지가 돌아가시고 나면
언니가 모든 걸 물려받아야 해.
아버지가 큰아버지에게서 빼앗은 걸
내가 애정을 담아 언니에게 되돌려줄 거야.

내 명예를 걸고
꼭 그렇게 하겠다고 맹세할게.
이 맹세를 지키지 않으면
날 괴물이라고 불러도 좋아.
그러니 장미꽃처럼 사랑스러운 로즈 언니,
즐겁게 지내.

로잘린드

실리아, 이제부터 그렇게 할게.
재미있는 놀이라도 찾아볼 거야.
어디 보자,
재미 삼아 사랑에 빠지는 건 어떨까?

실리아

좋은 생각이야.
제발 그렇게라도 재미있는 걸 찾아.
하지만 남자를 진지하게 사랑하지는 마.
장난은 장난으로 끝내야 해.
남자에게 얼굴이 빨개지는
순진한 모습을 보이더라도,
별 탈 없이 명예롭게
빠져나올 수 있을 만큼만 즐겨야 해.

로잘린드

그럼 또 어떤 놀이가 있을까?

실리아

우리 여기 앉아서
사람들의 운명을 마음대로 조종하는
운명의 여신이나 놀려주자.
운명의 수레바퀴가 멈추면
여신의 선물이 사람들에게
골고루 주어질 테니까.

로잘린드

우리가 그렇게 할 수 있다면 좋겠다.
운명의 여신이 주는 선물은
주인을 잘못 찾아갈 때가 많잖아.
눈가리개를 한 이 여신은
아낌없이 베풀긴 하지만,
여자들에게 주는 선물은 실수투성이야.

실리아

맞아.
예쁜 얼굴을 받은 여자들에게는
대개 정숙함을 주지 않고,
정숙함을 받은 여자들에게는
예쁜 얼굴을 주지 않으니까.

로잘린드

아니, 지금 넌 운명의 여신이 하는 일과

자연의 여신이 하는 일을 혼동하고 있어.
세상 사람들에게 줄 선물을 정하는 건
운명의 여신이야.
생김새를 정해주는 건 자연의 여신이지.

실리아

내가 틀렸다고?
자연의 여신이 아름다운 여인을 빚어내더라도
운명의 여신이 그 여인을 불 속에 떨어뜨려
미모를 앗아갈 수도 있지 않을까?
(터치스톤 등장한다)
자연의 여신이 우리에게
운명의 여신을 조롱할 재치를 주었지만,
우리의 대화를 방해하려고 저 바보를 보낸 건
운명의 여신 아니겠어?

로잘린드

네 말이 맞아.
운명의 여신이 자연의 여신에게
너무 잔인하구나.
자연의 여신이 만든 어릿광대를 보내서
같은 여신이 만든 재치 있는 여자들의 대화를
방해했으니 말이야.

실리아

어쩌면 이건 운명의 여신이 아니라
자연의 여신이 꾸민 짓일지도 몰라.
우리가 이 여신들을 논할 만큼
똑똑하지 못하다는 걸 눈치채고,
우리의 지혜를 갈고 닦을 숫돌로
저 어릿광대를 보낸 것일 수도 있어.
바보들의 어리석음이
똑똑한 사람들의 숫돌인 셈이지.
(터치스톤에게) 이봐요, 헛똑똑이 씨.
어딜 그렇게 가는 거야?

터치스톤

아가씨, 어서 아버님께 가보세요.

실리아

아버지 심부름꾼이라도 된 거야?

터치스톤

제 명예를 걸고 맹세하는데 그건 절대 아닙니다.
아가씨를 모셔오라는 명을 받았을 뿐입니다.

로잘린드

바보 양반, 그렇게 명예 운운하며
맹세하는 건 어디서 배웠어?

터치스톤

어떤 기사에게 배웠습니다.

그 기사가 한번은 자기 명예를 걸고
팬케이크가 맛이 좋다고 맹세하더니,
또 겨자는 맛이 별로였다고 맹세했답니다.
지금 저는 팬케이크의 맛이 별로였고
겨자는 맛이 좋았다고 주장하려 하지만,
그렇다고 그 기사가 거짓으로 맹세한 것은 아닙니다.

실리아

주워들은 얘기가 산더미처럼 많아서
뒤죽박죽일 텐데,
그걸 어떻게 증명할 거야?

로잘린드

그러지 말고 어서 지식 보따리를 풀어놔 봐.

터치스톤

그럼 두 분 다 제 앞으로 나오세요.
아가씨들 턱을 쓰다듬으며, 턱수염을 걸고
이 터치스톤은 악당이라고 맹세하세요.

실리아

우리에게 턱수염이란 게 있다면
그 턱수염을 걸고 맹세하지.
터치스톤, 너는 악당이야.

터치스톤

제게 악당 근성이란 게 있다면

그 근성을 걸고 맹세하죠.
저는 악당입니다.
그런데 사람들이 있지도 않은 것을 걸고
맹세했다면 그건 거짓 맹세가 아닙니다.
그러니까 명예를 걸고 맹세한 그 기사도
잘못은 없습니다.
그 기사는 명예가 아예 없었거나,
혹여 명예가 있었다 하더라도
팬케이크나 겨자를 보기 전에 다른 무엇엔가
명예를 걸어서 이미 다 잃었을 테니까요.

실리아

어떤 기사를 두고 하는 말이지?

터치스톤

아가씨 부친이신 프레드릭 공작께서 아끼시는 분이죠.

실리아

아버지께서 아끼신다면
그것으로 충분히 명예로운 거야.
그러니 그 얘기는 더 이상 입에 올리지 마.
그런 험담을 하고 다니다간
언제라도 매질을 당하기에 십상이야.

터치스톤

똑똑한 자들은 바보처럼 떠들어대기도 하는데

바보들은 똑똑한 사람처럼 말하면 안 된다니,
참 애석한 일이군요.

실리아

그래, 네 말이 옳다.
바보들이 어쩌다 쓸 만한 말을 할라치면
입을 막아버리니.
똑똑한 자들이 이따금 어리석은 짓을 하면
큰 구경거리가 된다니까.
어, 저기 르 보 씨가 오시네.

(르 보 등장한다)

로잘린드

입 안 가득 소식을 물고 말이지.

실리아

어미 새가 새끼들 입에 먹이를 넣어주듯이
우리에게 꾸역꾸역 밀어 넣겠지.

로잘린드

그럼 우린 그 소식들로 속이 꽉 차겠네.

실리아

그럼 잘된 일이지.
속이 꽉 차서 무게가 많이 나가면

시장에서 잘 팔릴 테니까.

르 보 씨, 안녕하세요?

오늘은 어떤 소식을 가지고 오셨나요?

르 보

아름다운 아가씨들,

대단한 구경거리를 놓치셨습니다.

실리아

구경거리라뇨?

어떤 종류의 구경거리요?

르 보

어떤 종류냐고요?

이걸 어떻게 대답해야 하나?

로잘린드

지혜와 운명이 이끄는 대로

대답하시면 되죠.

터치스톤

아니면 운명의 여신이 명하는 대로

대답하시죠.

실리아

좀 과장되긴 했지만 말 잘했어.

터치스톤

제가 저의 본분을 지키지 않는다면….

로잘린드

너는 이미 예전 모습을 잃었단다.

르 보

아가씨들이 저를 당혹스럽게 하시는군요.
두 분이 놓치신 굉장한 레슬링 시합 이야기를
하려던 참이었습니다.

로잘린드

그럼 레슬링 시합이 어땠는지 얘기해주세요.

르 보

시작 부분부터 말씀드리죠.
이 이야기가 재미있으시면 결말 부분은
직접 보실 수 있을 겁니다.
진짜 구경거리는 이제부터니까요.
두 분이 계시는 바로 이곳에서
경기가 치러질 겁니다.
그래서 다들 이리로 오고 있어요.

실리아

그럼 이미 끝난 시작 부분 좀 얘기해보세요.

르 보

그러니까 한 노인과 그의 세 아들이 나타났는데….

실리아

시작이라더니 무슨 옛날얘기 결말 같은데요.

르 보

체격이 건장하고 늠름한 데다
잘생긴 세 청년이었습니다.

로잘린드

목에 '본 증서로 이들의 출전을 모두에게 알린다.'라고 쓴
명패라도 걸고 나온 건 아니겠죠?

르 보

삼 형제 중 맏이가
공작댁 레슬링 선수인 찰스와 맞붙었는데,
찰스가 그를 들어 올리더니
순식간에 바닥에 메다꽂았어요.
그는 갈비뼈가 세 대나 부러져서
목숨을 부지하기 힘들게 됐습니다.
찰스는 둘째와 셋째도
그 모양으로 만들어놨습니다.
저쪽에 그 삼 형제가 바닥에 쓰러져 있어요.
딱한 늙은 아비가 그 앞에서
어찌나 구슬피 우는지,
그 모습을 본 구경꾼들도 다 같이
눈물 바람이었습니다.

로잘린드

가여워라!

터치스톤

그런데 르 보 씨,

아가씨들이 놓치셨다는 구경거리가 무엇이오?

르 보

이 사람아, 내가 지금까지 얘기했잖아.

터치스톤

이러니 사람은 날마다 더 똑똑해진다고 하는군요.

갈비뼈 부러뜨리는 게

여인들에게 구경거리가 된다는 말은

생전 처음 듣습니다.

실리아

나도 처음이에요.

로잘린드

부러진 갈비뼈가 옆구리에서 덜걱거리는 걸

보고 싶어 하는 사람이 있을까?

갈비뼈 부러뜨리는 것에

혹하는 사람이 있겠어?

실리아, 어쨌든 이 레슬링 시합 구경할래?

르 보

여기 계시면 저절로 보시게 될 겁니다.

여기가 레슬링 시합 장소니까요.

선수들은 준비가 끝났을 겁니다.

실리아

저기 그들이 오고 있어.

여기 있다가 구경하자.

(나팔 소리가 울리고 프레드릭 공작,

올란도, 찰스, 시종들 등장한다)

프레드릭 공작

자, 어서 시작해라.

그 젊은이는 아무리 말려도 소용이 없고

의욕만 앞서니 화를 자초한 것이다.

로잘린드

(르 보에게) 저기 저 사람 말인가요?

르 보

바로 그 자입니다. 제정신이 아니죠.

실리아

어머, 너무 어리잖아.

그런데 어쩌면 이길 수도 있을 것으로 보여.

프레드릭 공작

우리 딸과 조카딸이 여기 어쩐 일이냐?

레슬링 경기를 구경하려고 몰래 숨어들어왔느냐?

로잘린드

네, 공작님. 제발 허락해주세요.

프레드릭 공작

미리 말하는데 경기가 별로 재미는 없을 거야.

찰스가 월등히 뛰어나거든.

젊은 도전자가 불쌍해서 간곡히 말려보았지만,

통 말을 듣지 않더구나.

너희가 한번 얘기해보거라.

너희들 말은 듣는지 보자꾸나.

실리아

르 보 씨, 그 사람을 여기로 불러주세요.

프레드릭 공작

그렇게 하게. 난 자리를 비켜줄 테니.

(한쪽으로 물러선다)

르 보

(올란도에게) 도전자 양반,

아가씨들께서 부르시네.

올란도

공경하는 마음으로 두 분을 받들겠습니다.

로잘린드

이봐요, 젊은이.

공작님의 선수인 찰스에게 도전하겠다고 했나요?

올란도

아닙니다, 아리따운 아가씨.
그 사람이 모든 출전자에게 도전하는 겁니다.
저는 그저 다른 이들처럼 그와 겨루어
저의 젊은 힘을 시험해보고 싶어서 나왔을 뿐입니다.

실리아

젊은 양반, 나이도 어린 분이 너무 대담하군요.
상대가 얼마나 힘이 센지
그 잔혹한 결과를 보았을 텐데요.
만일 스스로 자신의 모습을 돌아보고,
또 자신의 능력을 가늠해봤다면
이 모험이 얼마나 두려운 일인지 깨닫고
능력에 걸맞은 일을 찾아야겠다고 생각했을 거예요.
걱정돼서 하는 말이니,
자신의 안위를 생각해서 이 시합은 포기하세요.

로잘린드

그렇게 하세요.
그런다고 당신이 명예를 잃는 일은 없을 거예요.
우리가 공작님께 가서 이 레슬링 시합을
멈추어달라고 간청하겠어요.

올란도

부디 그렇게 엄하게 꾸짖지 말아주십시오.
이렇게 아름답고 지혜가 출중하신 아가씨들의

말씀을 거역하는 게 무척이나 죄스럽습니다.
하지만 아가씨들께서 고운 눈길과
인정스러운 마음을 담아
이 시합에 나가는 저에게 힘을 주셨으면 합니다.
혹여 제가 시합에서 지더라도
못나게 살아온 저 자신만 창피를 당할 뿐이고,
죽더라도 기꺼이 목숨을 내놓으려 한
저 자신의 죽음일 뿐입니다.
친구에게 몹쓸 짓을 하는 것도 아닙니다.
저의 죽음을 슬퍼해 줄 친구 하나 없으니까요.
세상에 해를 끼치지도 않을 겁니다.
세상에 제 것이라 할 만한 게 하나도 없으니까요.
세상에서 겨우 요만큼
자리를 차지하고 있을 뿐인데,
이 자리도 제가 없어지고 나면
더 나은 사람으로 채워질 겁니다.

로잘린드

내가 가진 미약한 힘이나마
당신에게 보태주고 싶군요.

실리아

거기에 내 힘도 보태주고 싶어요.

로잘린드

그럼 잘 가요.

제발 내가 당신을 잘못 본 거라면 좋겠어요.

실리아

당신 뜻을 꼭 이루세요.

찰스

자, 덤벼라.

만물의 어머니인 대지의 품에 안기고 싶어

안달하는 겁 없는 애송이는 어디 갔느냐?

올란도

준비됐소.

그리고 난 좀 더 품위 있게 싸울 거요.

프레드릭 공작

(앞으로 나오며) 단판으로 승부를 가르겠다.

찰스

물론입니다, 공작님.

제가 자신 있게 말씀드리는데

저자가 두 번째 판은

꿈도 못 꾸게 만들어놓겠습니다.

애초에 이 시합에 나오지 말라고

그렇게 간곡히 말리셨잖아요.

올란도

길고 짧은 것은 대 봐야 아는 것이니

날 조롱하려거든 시합이나 끝나고 하시오.
자, 덤비시오.

로잘린드

젊은이, 헤라클레스가 도우실 거예요!

실리아

내가 투명 인간이라면
저 장사의 다리를 꽉 붙잡고 놓아주지 않을 거야.

(올란도와 찰스가 엎치락뒤치락한다)

로잘린드

정말 대단한 젊은이야!

실리아

내 눈이 번갯불처럼 신통하다면
누가 먼저 쓰러질지 알 수 있을 텐데.

(올란도가 찰스를 바닥에 힘껏 내던지자
함성이 울린다)

프레드릭 공작

그만! 그만 하게.

올란도

공작님,

저는 아직 제대로 몸을 풀지도 못했습니다.

프레드릭 공작

찰스, 괜찮은가?

르 보

공작님, 말을 할 수 있는 상태가 아닌 것 같습니다.

프레드릭 공작

이 자를 데리고 나가라.

(시종들이 찰스를 데리고 나간다)

젊은이, 이름이 무엇인가?

올란도

올란도라고 하옵니다.

롤란드 드 보이스 경의 막내아들입니다.

프레드릭 공작

자네가 다른 사람의 아들이었다면 좋을 뻔했군.

자네 부친은

세상 사람들에게 명예로운 분으로 존경받지만,

나와는 늘 앙숙이었네.

자네가 다른 가문의 후손이었다면

오늘 이 시합을 보고 내가 더욱 기뻤을 거야.

여하튼 잘 가게, 용맹한 젊은이.

다른 사람의 자식이었다면 참 좋았을 것을….

(터치스톤, 르 보, 귀족들, 시종들과 함께 퇴장한다)

실리아

언니, 내가 아버지였어도 저렇게 말했을까?

올란도

나는 롤란드 경의 막내아들인 게 자랑스러워.
행여 프레드릭 공작이 상속자로 입양하겠다고 해도
절대 내 성을 바꾸지는 않을 거야.

로잘린드

(실리아에게) 우리 아버지는 롤란드 경을
극진히 아끼셨고,
세상 사람들도 아버지와 같은 마음이었어.
저 젊은이가 그분 아들이라는 사실을
진작 알았다면 위험한 시합에 뛰어들기 전에
포기하라고 울며불며 애원했을 거야.

실리아

마음씨 고운 언니,
저 사람에게 가서 고마움을 전하고
힘내라고 말해주자.
아버지의 거칠고 심술궂은 태도가
내 가슴을 찌르는 것 같아.

이봐요. 오늘 아주 잘 싸웠어요.
오늘 보여준 모습처럼
사랑할 때도 모든 약속을 빈틈없이 지킨다면
당신의 연인은 행복할 거예요.

로잘린드

(목걸이를 풀어 올란도에게 건네주며)
부디 이 목걸이를 받아주세요.
더 나은 것을 드리고 싶지만,
운명의 여신 눈 밖에 난 처지라
가진 게 이것뿐이에요.
실리아, 이제 갈까?

실리아

그래.
멋진 젊은이, 잘 가요.

올란도

(방백) 나는 왜 고맙다는 말도 한마디 못 했을까?
예의나 용기 같은 건 싹 사라져버리고,
여기 서 있는 나는 꾸어다 놓은 보릿자루처럼
쓸모없는 인간일 뿐이야.

로잘린드

(실리아에게) 그가 우리를 다시 부르는 것 같아.
내 처지가 이러니 자존심도 나락으로 떨어졌나 봐.

왜 부르는지 물어봐야겠어.
우리를 불렀나요?
당신은 시합에서 멋지게 이겼어요.
당신이 쓰러뜨린 건
상대 선수뿐만이 아니었답니다.

실리아

언니, 어서 가자.

로잘린드

곧 갈게.
(올란도에게) 잘 가요.

(로잘린드, 실리아 퇴장한다)

올란도

내 혀를 무겁게 짓누르는
이 뜨거운 감정은 무엇일까?
그녀가 말을 걸었는데
나는 한마디도 하지 못했어.
아, 불쌍한 올란도!
오늘 나가떨어진 건 바로 나 자신이었군.
찰스, 아니 그자보다 약한 누군가가
나를 굴복시켰어.

(르 보 등장한다)

르 보

이보시오, 준수한 젊은이.
내 우정 어린 마음으로 충고하니
어서 이곳을 떠나시오.
누가 봐도 당신은 찬사와 열렬한 박수,
그리고 사랑을 받을 자격이 충분히 있소.
하지만 지금 공작께서는
당신이 한 모든 일을 오해하고 있소이다.
그분은 변덕이 심하신 분이오.
그분의 성품은 내가 말하지 않아도
미루어 짐작할 수 있을 거요.

올란도

말씀 고맙습니다.
그런데 한 가지 여쭙겠습니다.
여기서 레슬링 시합을 보시던 두 아가씨 가운데
누가 공작의 따님입니까?

르 보

두 분의 기품을 본다면
어느 쪽도 공작의 따님이 아니지요.
여하튼 어린 쪽이 공작의 따님이라오.

다른 아가씨는 추방당한 전임 공작의 따님이오.
형을 내쫓은 새 공작께서
당신 딸 말동무로 잡아두었소.
두 아가씨의 우애는 친자매보다 더 두텁습니다.
하지만 최근 공작께서 이 상냥한 조카딸을
눈엣가시처럼 생각하시는 것 같소.
사람들이 아가씨의 어진 행실을 칭찬하고,
인품이 고매한 그 부친을 생각해
아가씨를 딱하게 여기는 것 말고는
다른 이유도 없답니다.
분명히 말하는데 아가씨에 대한 공작의 적개심이
조만간 폭발할 거요.
젊은이, 그럼 잘 가시오.
나중에 이보다 나은 세상에서 우리가 다시 만난다면,
당신을 좀 더 알아가며 좋은 친구가 되고 싶소.

올란도

정말 큰 은혜를 입었습니다.
안녕히 가십시오.
(르 보 퇴장한다)
이제 숨 막히는 연기 속에서 빠져나왔나 했더니,
다시 불 속으로 뛰어들어야겠군.
심술궂은 공작에게서 벗어나

심술궂은 형에게로 가야 한다니.
아, 아름다운 로잘린드!
(퇴장한다)

1막 3장

『공작 궁정의 방』

(실리아와 로잘린드 등장한다)

실리아

로잘린드 언니, 왜 통 말이 없어?

큐피드에게 도와달라고

부탁이라도 해야 할까 봐.

로잘린드

할 말이 없어.

쓸데없는 말을 해봤자

개도 안 물어갈 거야.

실리아

아니, 개가 물어가도록 두기엔

언니 말이 너무나 소중하지.

차라리 나한테 털어놔.

자, 말로 나를 옴짝달싹 못 하게 해 봐.

로잘린드

그랬다가 우리 둘 다 몸져누우면 어쩌려고.

하나는 말 때문에 기가 막혀 앓아눕고,

다른 하나는 할 말이 없어 괴로워하다 실성하고.

실리아

언니가 이러는 게 다 큰아버지 때문이야?

로잘린드

아버지 때문만은 아니야.

장차 내 아이의 아버지가 되었으면

하는 사람 때문이기도 해.

아, 평범해 보이던 세상이

이토록 가시덤불투성이라니!

실리아

언니, 이런 건 축젯날 장난으로 던지는

밤송이 같은 거야.

사람들이 잘 다니지 않는 길을 걸으면

치마 끝자락에 달라붙는

가시 돋친 것들 말이야.

로잘린드

치마에 붙은 가시들은

치맛자락을 흔들면 떨어지기라도 하지.

이 가시는 내 가슴에 박혔어.

실리아

'에헴' 하고 헛기침해서 뱉어내.

로잘린드

헛기침으로 그 사람을 내 앞에
불러올 수만 있다면 얼마든지 그러겠어.

실리아

그럼 연모하는 마음과
한판 겨뤄 이기면 되잖아.

로잘린드

연모의 감정이
나보다 더 강한 상대라는 게 문제야.

실리아

내가 응원해줄게.
언니는 쓰러지더라도
곧장 일어나서 다시 싸울 거야.
이제 이런 농담은 그만하고
우리 진지하게 얘기 좀 하자.
언니, 어쩜 그렇게 갑작스레 롤란드 경의
막내아들에게 푹 빠질 수 있어?

로잘린드

아버지께서 궁에 계셨을 때

롤란드 경을 끔찍이 아끼셨어.

실리아

그렇다고 언니도 큰아버지를 따라
그분 아들을 끔찍이 사랑해야 하는 거야?
그런 식이라면 나는 그 사람을 싫어해야 하잖아.
우리 아버지가 그 사람 아버지를
몹시 싫어하시니까.
하지만 난 그를 싫어하지 않아.

로잘린드

나를 봐서라도 싫어하지는 마.

실리아

내가 왜 싫어하겠어?
그럴 이유가 없잖아.

로잘린드

그러니까 내가 그를 사랑하게 내버려 둬.
내가 좋아하는 사람이니 너도 좋아해 주면 좋겠어.
(프레드릭 공작과 귀족들 등장한다)
저기 공작님께서 오신다.

실리아

눈에 노여움이 가득하시네.

프레드릭 공작

로잘린드, 네가 무사하길 바란다면

한시바삐 이 궁을 떠나야 할 거다.

로잘린드

작은아버님, 저한테 하시는 말씀이세요?

프레드릭 공작

그래, 너한테 하는 말이다.

앞으로 열흘 안에 궁에서 백 리 밖으로 나가거라.

떠나지 않고 있다가 사람들 눈에 띄면

살아남지 못할 거야.

로잘린드

공작님, 제발 부탁이니

제가 무슨 잘못을 저질렀는지 알려주세요.

저는 제 분수를 알고,

제 소망이 무엇인지도 잘 알고 있습니다.

분명 그럴 리는 없지만

제가 꿈을 꾸고 있거나 미친 게 아니라면,

혹여 공작님께 어떤 죄를 지었더라도

제가 일부러 그런 건 아닐 겁니다.

프레드릭 공작

반역자들은 다 그렇게 말하지.

반역자들이 말로 의심을 씻어낼 수만 있다면

하나같이 덕이 있고 결백한 사람들일 거야.

변명은 그것으로 충분하다.

나는 너를 믿지 않는다.

로잘린드

하지만 공작님께서 저를 믿지 못하신다고
제가 반역자가 될 수는 없습니다.
어떤 이유로 저를 의심하시는지 말씀해주세요.

프레드릭 공작

너는 네 아버지의 딸이니,
그것으로 이유는 충분하다.

로잘린드

공작님께서 아버지의 작위를 빼앗으셨을 때도
저는 아버지의 딸이었습니다.
아버지를 추방하셨을 때도
저는 아버지의 딸이었어요.
공작님, 반역죄는 대물림되는 게 아닙니다.
만에 하나 반역죄가 피붙이에게 대물림된다고 해도
그게 저와 무슨 관계가 있습니까?
아버지는 반역자가 아니셨습니다.
그러니 선량하신 공작님,
제가 가진 게 없는 처지여서
반역을 꾀했으리라는 오해는 말아주십시오.

실리아

아버지, 제 말씀도 들어주세요.

프레드릭 공작

실리아, 너를 위해 저 애를 붙잡아두었던 게야.
네가 아니었다면 제 아버지를 따라 쫓겨났을 아이이다.

실리아

저는 언니를 붙잡아두라고 간청한 적 없어요.
언니를 여기 두신 건
아버지의 만족과 연민 때문이었어요.
그땐 제가 너무 어려서
언니가 얼마나 소중한 사람인지 몰랐지만,
지금은 잘 알아요.
언니가 반역자라면 저도 반역자예요.
저희는 늘 같이 잠들고 같이 일어났어요.
배우고 놀이하고 먹을 때도 늘 함께였어요.
어디를 가든 유노 여신의 백조처럼 늘 붙어 다녔고
절대 떨어지지 않았다고요.

프레드릭 공작

네 곁에 두기엔 너무 교활한 아이야.
저 애는 싹싹하게 굴고,
과묵하고 진득한 모습을 보이면서
사람들의 칭찬과 동정을 얻고 있어.
실리아, 네가 답답하구나.
네가 얻어야 할 명예를

저 아이에게 다 빼앗기고 있으니 말이야.
저 아이가 사라져야 네가 더욱 빛나고
고결해 보일 게다.
그러니 더 이상 아무 말도 하지 말거라.
내가 로잘린드에게 내린 선고는 확고하고
절대 뒤집을 수 없다.
저 애는 추방이다.

실리아

그럼 저에게도 같은 선고를 내려주세요.
저는 언니 없이 살 수 없어요.

프레드릭 공작

참으로 어리석구나.
로잘린드, 떠날 채비를 해라.
주어진 시간 안에 떠나지 않으면
내 명예를 걸고 너를 죽이라는 엄명을 내릴 것이다.
(귀족들과 함께 퇴장한다)

실리아

가여운 로잘린드 언니. 어디로 갈 거야?
우리, 아버지를 바꿀까?
언니가 내 아버지 딸이 될래?
부디 나보다 더 슬퍼하지는 마.

로잘린드

슬퍼할 일이 너보다 많잖니.

실리아

언니, 그렇지 않아.

제발 기운 내.

아버지는 친딸인 나도 추방하셨어.

로잘린드

그러진 않으셨어.

실리아

그러지 않으셨다고?

그럼 언니는 이 동생에 대한 사랑이 부족한 거야.

언니와 내가 하나임을 일깨워주는

사랑이 없는 거라고.

우리가 헤어질 수 있어?

언니는 나랑 떨어질 수 있겠어?

아니잖아.

아버지는 다른 상속자를 찾아보시라 하고

우린 함께 도망칠 방법이나 궁리하자.

여길 어떻게 빠져나가고 어디로 갈지,

무엇을 챙겨서 떠날지 계획을 짜야 해.

이 상황을 언니 혼자 짊어지려 하지 마.

혼자 슬픔을 삭이지도 말고

나를 따돌릴 생각도 하지 마.

우리의 불행을 슬퍼하며 흐려진
저 하늘을 걸고 맹세하는데,
언니가 무슨 말을 해도 난 언니와 함께 갈 거야.

로잘린드

아, 우린 어디로 가야 할까?

실리아

아덴 숲으로 가서 큰아버지를 찾아보자.

로잘린드

우리 같은 여자들이 그 먼 길을 가려면
어떤 위험이 따를 줄 알고?
미인에겐 황금보다 더 빨리 도적 떼가 꼬인다잖아.

실리아

허름하고 꼬질꼬질해 보이는 옷을 걸치고,
얼굴에는 진흙 같은 것을 칠할 거야.
언니도 그렇게 해.
그럼 도적에게 습격당하지 않고
무사히 우리 길을 갈 수 있을 거야.

로잘린드

내 키가 큰 편이니 머리부터 발끝까지
남장을 하는 게 더 낫지 않을까?
장딴지에는 용감해 보이는 단검을 차고,
손에는 멧돼지 잡을 때 쓰는 창을 드는 거야.

가슴속에는 그게 무엇이든
여인이 느끼는 두려움이 자리 잡을 테지만,
겉으로는 당당하고 용감해 보일 거야.
겁쟁이 남자들이 남자다운 척하며
뻔뻔하게 행동하는 것처럼 말이야.

실리아

언니가 남장을 하면 뭐라고 불러야 하지?

로잘린드

유피테르 신의 시동보다 시시한 이름은 갖기 싫어.
유피테르 신이 아꼈던 '가니메데스'라고 부르기로 하자.
너는 뭐라고 부르면 좋겠니?

실리아

내 처지를 나타낼 수 있는 이름이면 좋겠어.
이제 실리아라고 부르지 말고,
이방인을 뜻하는 '알리에나'라고 불러줘.

로잘린드

참, 네 아버지 궁정의 그 어릿광대를
꾀어내 데리고 가면 어떻겠니?
우리의 여정에 위안이 되지 않을까?

실리아

그 어릿광대는 나와 함께 간다면
이 세상 어디라도 따라올 거야.

그를 꾀어내는 건 나한테 맡겨.
어서 가서 보석과 재물을 챙기자.
우리가 도망치고 나면
추격대가 뒤쫓아 올 거야.
그들에게서 몸을 숨기려면
적당한 시간에 가장 안전한 길로 떠나야 해.
우리는 추방당하는 게 아니라
자유를 찾아 홀가분하게 떠나는 거야.

(모두 퇴장한다)

2막

2막 1장

『아덴 숲』

(전임 공작, 아미엔스, 숲지기 차림의 귀족
두세 명이 등장한다)

전임 공작

함께 타향살이하는 동지이자 형제 여러분,
숲에서 오래 지내다 보니 겉만 화려한 궁정 생활보다
이 생활이 더 즐겁지 않소?
서로 시샘하는 궁정보다
이 숲이 더 안전한 것 같지 않소?
신의 뜻을 거역한 아담에게 벌로 내려진
혹독한 날씨도 이곳에서는 벌로 느껴지지 않는구려.
살을 에는 듯한 심술궂은 겨울바람이 휘몰아쳐
추위에 온몸이 꽁꽁 얼어붙고 움츠러들어도
난 웃으며 이렇게 말하지요.

'이건 아침이 아니라,
내 처지를 깨닫도록 나를 일깨워주는
따끔한 조언들이야.'
역경의 결실은 달콤하다오.
역경이란 건 두꺼비처럼 흉하고 독기도 품고 있지만,
그 머리에는 귀중한 보석이 박혀있으니 말이오.
속세에서 멀리 떨어진 우리의 삶이란
나무와 대화를 나누고,
흐르는 시냇물을 책장 넘기듯 들여다보고,
돌멩이의 설교를 듣는 거라오.
세상 모든 것에서 얻을 게 있다는 얘기요.

아미엔스

저도 이 생활을 바꾸고 싶지 않습니다.
공작님은 행복한 분이십니다.
운명의 가혹함을 그렇게 평온하고 달콤한 것으로
바꾸어 말씀하실 수 있으니까요.

전임 공작

자, 이제 사슴이나 잡으러 가보겠소?
그런데 이 불쌍한 얼룩무늬 짐승들이
종종 내 마음을 괴롭힌다오.
인적 없던 이 숲의 원래 임자인데도,
제 녀석들 영토에서 넓적한 궁둥이에

뾰족한 화살을 맞고 피를 흘려야 하니 말이오.

귀족 1

사실 늘 침울한 제이퀴즈도 그 일로 슬퍼하고 있습니다.
공작님께서 숲의 원래 주인인 사슴을 죽였으니
공작님을 추방한 동생보다 더 나쁜
찬탈자가 되셨다고 원망하면서요.
오늘 아미엔스 경과 제가 살며시 그의 뒤를 밟았더니,
괴이하게 생긴 참나무 아래로 가서
바닥에 드러눕더라고요.
뿌리가 군데군데 땅 위로 드러난 특이한 나무였지요.
그 옆에는 숲을 따라 개울이 졸졸 흐르고 있었습니다.
개울가에는 수사슴 한 마리가
기운을 잃고 쓰러져 있었어요.
사냥꾼이 쏜 화살에 맞고 크게 다쳐
무리에서 떨어진 불쌍한 사슴이었지요.
공작님, 이 가련한 짐승이
어찌나 힘겹게 몸을 들썩이며 신음을 토해내던지,
녀석의 가죽이 팽팽해져서 터지는 줄 알았다니까요.
저도 곧 죽을 줄 아는지,
이 죄 없는 짐승의 콧잔등에
닭똥 같은 눈물이 가련하게 흘러내렸습니다.
바보 같은 짐승은 개울가에 쓰러져

급히 흘러가는 개울물에
하염없이 눈물만 보태고 있었지요.
그런데 침울한 제이퀴즈가
그 광경을 보고 말았습니다.

전임 공작

제이퀴즈가 무슨 말을 하던가?
그 광경을 보고 어떤 통찰력을 보여주지 않던가?

귀족 1

보여주다마다요.
비유를 천 가지는 들었을 겁니다.
먼저 그는 개울물에 공연히 눈물을 보태고 있는 사슴에게
이렇게 말했어요.
'불쌍한 사슴아. 세상 사람들이
넘치도록 많이 가진 이들에게
유산을 보태주듯이,
너는 넘치도록 많은 물에
네 눈물까지 보태려 하는구나.'
그러더니 친구들에게 버림받고 홀로 남겨진 사슴을 보며
이렇게 말했지요.
'옛말이 다 옳구나.
불행은 친구를 갈라놓는다고 하더니.'
얼마 뒤 한 무리 사슴이 풀을 실컷 뜯어 먹고,

다친 사슴은 본 척도 않고
껑충껑충 뛰어가는 모습을
보더니 또 이렇게 말했어요.
'아, 살찌고 기름진 짐승들아,
그렇게 휙 지나가거라.
다들 그렇게 살고 있으니.
불쌍하고 상처 입은 낙오자를
무엇 하러 돌아보겠느냐?'
그러고는 이 나라와 도시, 궁정,
이곳에서의 우리 삶을 아주 신랄하게 비판했습니다.
한술 더 떠서,
우리가 제 터전에 살고 있는 짐승들을
위협하고 죽이는 약탈자,
폭군에 지나지 않는다고 꼬집어 말했습니다.

전임 공작

그럼 당신들은 그가 혼자 그런 생각에 빠져있도록
놔두고 왔단 말이오?

귀족 2

그렇습니다.
눈물 흘리는 사슴 옆에서
같이 눈물 흘리며 한탄하기에
그냥 두고 왔습니다.

전임 공작

나를 그곳으로 안내해주시오.
침울한 기분에 빠진 그를 만나
세상살이를 논하고 싶소.
그는 얘깃거리가 아주 많은 사람이니까.

귀족 1

제가 당장 모시고 가겠습니다.

(모두 퇴장한다)

2막 2장

『공작의 궁정』

(프레드릭 공작과 귀족들 등장한다)

프레드릭 공작

두 아이를 본 사람이 아무도 없다는 게
있을 수 있는 일인가?
그럴 리가 없다.
궁에서 어떤 못된 녀석들이
그 애들과 한통속이 되어 빠져나가는 걸 도왔을 거야.

귀족 3

아가씨를 보았다는 사람이 한 명도 없습니다.
처소에서 아가씨를 모시는 시녀들 얘기가
아가씨께서 잠자리에 드시는 건 보았는데
아침 일찍 들어가 보니 침대에 안 계셨답니다.

귀족 4

공작님께서 재미 삼아 놀리시던
그 천한 광대 녀석도 같이 사라졌습니다.
아가씨 시녀인 히스페리아가
아가씨와 사촌 아가씨의 얘기를
엿들었다고 털어놓았습니다.
두 분이 최근 기골이 장대한 찰스를 쓰러뜨린
레슬링 선수의 자질과 미덕을 칭찬했답니다.
그래서 아가씨들이 어디로 가셨든
틀림없이 그 젊은이와 함께 계실 거라더군요.

프레드릭 공작

그놈 형인 올리버라는 자에게 사람을 보내서
그 맹랑한 놈을 끌고 오너라.
그놈이 없으면 올리버라도 끌고 와.
올리버가 동생을 찾아내게 할 테니.
당장 다녀오너라.
샅샅이 뒤지고 조사해서
이 어리석은 도망꾼들을 잡아 와야 한다.

(모두 퇴장한다)

2막 3장

『올리버의 집 앞』

(올란도와 아담이 따로 등장해 무대에서 만난다)

올란도

거기 누구야?

아담

아이고 도련님, 우리 착한 도련님,
돌아가신 롤란드 경을 똑 닮으신 도련님!
여기서 뭐 하고 계세요?
도련님은 어찌 그리 덕망이 높으실까요?
사람들은 어찌 그리 도련님을 좋아할까요?
도련님은 어찌 그리 온화하고 굳세고 용맹하실까요?
그런데 어쩌자고 심술궂은 공작의
힘센 레슬링 선수를 물리치는
어리석은 짓을 하신 겁니까?

도련님이 집에 오시기도 전에
도련님에 대한 칭찬이 먼저 전해졌다니까요.
도련님, 어떤 사람에게는 미덕이 오히려
해가 된다는 걸 모르세요?
도련님도 마찬가지예요.
도련님의 고운 심성은 얼핏 장점처럼 보이지만,
재앙만 몰고 올 뿐입니다.
아, 세상이 어찌 이 모양인지.
고운 심성이 오히려 독이 되다니!

올란도

도대체 무슨 일이야?

아담

아유, 박복한 도련님.
이 문으로 발을 들이지 마세요.
이 지붕 아래 도련님을 못마땅해하는
원수가 살고 있으니까요.
큰형님이…, 아니 형님도 아니지.
그러니까 큰 아드님이…, 아니 아드님도 아니야.
내가 주인으로 모셨던 분의 아들이라고 할 수 없지.
어쨌든 이 집 나리가
도련님 칭찬이 자자한 것을 듣고는
오늘 밤 도련님이 지내시는 별채에 불을 지를 거랍니다.

도련님이 안에 계실 때 말이에요.
만일 그게 실패하면 다른 수를 써서라도
도련님을 죽이려 할 겁니다.
제가 우연히 나리의 속셈과 계략을 엿들었어요.
여기는 도련님이 계실 곳이 못 돼요.
이 집은 도살장입니다.
끔찍한 곳이니 몸을 사리시고 들어가시 마세요.

올란도

아담, 그럼 나더러 어디로 가라는 거야?

아담

여기만 아니면 어디든 괜찮아요.

올란도

그럼 어디든 가서 구걸이라도 하라는 거야?
아니면 길바닥에서 마구 칼을 휘두르며
비열한 강도질이나 하며 살라는 건가?
달리 무엇을 해야 할지 모르겠으니 아마 그래야겠지.
하지만 무슨 일이 있어도 그런 짓은 못하겠어.
그럴 바엔 사이가 틀어진 잔인한 형에게
목숨을 내놓고 말지.

아담

그러시면 안 됩니다.
제게 오백 크라운이 있습니다.

돌아가신 주인 나리 밑에서 일하며 받은 돈을
차곡차곡 모은 겁니다.
늙어서 팔다리가 말을 듣지 않아
종노릇마저 할 수 없게 되면
돌봐주는 사람 없이 방구석 신세가 되겠죠.
그럴 때 저를 위해 쓰려던 돈이에요.
이 돈을 가져가세요.
까마귀에게 먹이를 주시고 참새도 돌보시는 주님,
늙어가는 저도 보살펴주세요!
자, 이 돈을 받으세요.
모두 드리겠습니다.
제가 도련님을 모시고 가게 해주세요.
겉은 늙어 보일지 몰라도
아직 힘이 세고 건강하답니다.
젊었을 때부터 피를 끓게 하고
몸을 흐트러지게 하는 독한 술은
입에 대어 본 적이 없습니다.
또 뻔뻔한 낯짝으로 여색을 탐하며
몸을 쇠약하게 하는 짓도 하지 않았습니다.
그 덕분에 계절로 치면 겨울로 접어든 이 나이에도
여전히 팔팔합니다.
매서운 추위도 견딜 만하다 이 말씀입니다.

저를 데려가 주세요.
무슨 일이든 젊은이 못지않게
거뜬히 해내겠습니다.

올란도

마음씨 고운 아담.
옛날 하인들은 돈 욕심 때문이 아니라
의무를 다하기 위해 주인을 정성껏 섬겼다지.
아담은 옛날 사람들의 성실한 섬김을
얼마나 잘 보여주는지….
아담은 요즘 세상에 어울리지 않아.
요즘 사람들은 출세를 위해서만 땀을 흘리고,
일단 출세하고 나면 곧바로 의무를 저버리지.
아담은 그런 사람들과 거리가 멀어.
아, 가여운 영감.
아담은 썩은 나무를 돌보고 있는 거야.
아무리 공들여 가꾸더라도
꽃 한 송이 피우지 못할 거야.
그렇더라도 같이 가자.
우린 함께 가는 거야.
아담이 젊었을 때부터 모은 돈을 다 써버리기 전에
마음 편한 소박한 삶을 찾아가자.

아담

도련님, 어서 가요.
숨이 붙어있는 한 온 마음을 다해
충성을 바치며 따르겠습니다.
열일곱 살부터 여든이 다 된 지금까지
줄곧 여기서 살았지만,
여기는 더 이상 제집이 아닙니다.
열일곱은 많은 이들이 집을 떠나
삶을 개척하는 나이지만,
여든 살은 그러기에 너무 늦은 나이지요.
도련님을 모시다가 도련님께 빚진 거 없이 잘 죽는다면
그보다 더한 복은 없을 겁니다.

(모두 퇴장한다)

2막 4장

『아덴 숲』

(가니메데스로 변장한 로잘린드,
알리에나로 변장한 실리아,
터치스톤이 등장한다)

로잘린드
아, 유피테르 신이시여,
제 영혼이 지쳤나이다.

터치스톤
저는 다리만 지치지 않는다면
영혼 따위는 지쳐도 상관없어요.

로잘린드
남장을 했으니 부끄러운 행동이 될 수도 있는데
속으로는 나도 울고 싶어.
하지만 이 약한 여자를 달래야지.

조끼와 바지를 입은 사람은

치마 입은 사람 앞에서 굳세게 보여야 하니까.

그러니 힘을 내자.

착한 알리에나.

실리아

난 더 이상 못 걷겠어.

이렇게 말해도 참고 봐줘.

터치스톤

저로서는 아가씨를 업고 가느니

참고 봐 드리는 편이 낫겠네요.

그래도 아가씨를 업어야 한다면

다른 힘든 일에서 저를 빼주시든가요.

어차피 아가씨 지갑에 돈도 없을 테니까요.

로잘린드

아, 여기가 아덴 숲이구나.

터치스톤

아덴 숲에 오다니,

저는 생각보다 더 바보 같네요.

집에 있었으면 이런 고생을 안 했을 텐데요.

그래도 나그네는 적당히 만족할 줄 알아야겠죠.

로잘린드

그래야지, 기특한 터치스톤.

(코린, 실비어스 등장한다)

저기 봐, 누가 오고 있어.

젊은이와 노인이 심각하게 얘기하는 것 같아.

(로잘린드, 실리아, 터치스톤은

한쪽으로 물러서서 살짝 엿듣는다)

코린

(실비어스에게)

네가 그러면 그 여자가 너를 더 무시할 거야.

실비어스

코린 할아버지,

제가 그녀를 얼마나 사랑하는지 알아주시면 좋겠어요.

코린

어느 정도 짐작은 하지.

나도 소싯적에 사랑이란 걸 해봤으니까.

실비어스

아뇨, 할아버지 같은 노인은 잘 모르실 거예요.

물론 할아버지도 젊었을 때는

밤마다 베개에 얼굴을 묻고

한숨지을 만큼 절절한 사랑을 하셨겠죠.

할아버지가 저와 같은 사랑을 해보셨다면

어디 말씀해보세요.

누구도 저와 같은 사랑을

해봤으리라고 생각하진 않지만 들어 볼게요.

간절한 마음에 이끌려

어리석은 짓을 저지른 적이 몇 번이나 있으세요?

코린

셀 수도 없지. 지금은 다 잊었지만.

실비어스

그렇다면 할아버지는 진정으로 사랑하신 게 아니에요.

사랑 때문에 저지른 어리석은 짓들이

하나도 기억나지 않는다면 사랑하신 게 아니라고요.

또는 지금 저처럼 앞에 사람을 붙잡고

지겹도록 연인 칭찬을 늘어놓은 적이 없다면

그것 또한 사랑하신 게 아니에요.

지금 저처럼 열정에 못 이겨

함께 있던 친구를 버리고

자리에서 뛰쳐나간 적이 없다면

사랑하신 게 아니에요.

아, 피비, 피비!

(퇴장한다)

로잘린드

아, 딱한 양치기.

저자의 상처를 보고 있으려니
잔인하게도 내 상처가 쓰리고 아프군.

터치스톤

저도 그래요.
제가 사랑에 빠졌을 때 일이 떠오르는군요.
제인 스마일이라는 여인을 사랑했는데,
어느 날 칼이 부서져라 돌을 내리치고는
그 돌에 대고 밤중에 자기를 찾아오면
가만두지 않겠다고 으름장을 놓은 적이 있어요.
기억나는 일이 더 있어요.
그녀의 빨랫방망이에 입을 맞춘 적도 있고,
손등이 갈라지긴 했어도
어여뻤던 그녀의 손길이 닿았던
젖소의 젖통에 입 맞추었던 적도 있었지요.
그녀 대신 완두콩 꼬투리에 대고
사랑을 고백한 적도 있습니다.
꼬투리는 그녀에게서 얻은 것이었는데,
그것들을 다시 돌려주며
눈물 바람으로 부탁했답니다.
'나를 위해 이걸 몸에 지녀주시오.'
진정으로 사랑하는 사람들은
괴상한 짓을 하게 된다니까요.

하지만 세상 모든 게 다 끝이 있듯이,
사랑에 빠진 이들의 어리석은 짓도
끝이 있기 마련이지요.

로잘린드

네 말을 들으니 너는 생각보다
더 똑똑한 것 같아.

터치스톤

별말씀을 다 하십니다.
똑똑한 사람들은 바보가 가져다 놓은 의자에 걸려
정강이가 부러진다잖아요.
이 정강이가 부러지기 전까진
제가 정말 똑똑한 사람인지 알 길이 없을 겁니다.

로잘린드

아, 저 양치기의 열정은
어쩜 이리 내 열정을 닮았을까?

터치스톤

제 열정도 그래요.
한물가긴 했지만요.

실리아

부탁이니 둘 중 누구라도
저 사람에게 가서 물어봐.
돈을 줄 테니 먹을 것을 내어줄 수 있냐고.

배고파 쓰러질 지경이야.

터치스톤

(코린에게) 이봐,

촌뜨기 광대 양반!

로잘린드

이 광대야, 입 다물어.

저 사람은 너 같은 어릿광대가 아니야.

코린

누가 날 부르는 거요?

터치스톤

당신보다 지체 높은 분이 불렀지.

코린

저보다 못한 사람이 어디 있을라고요.

로잘린드

(터치스톤에게) 입 다물지 못해!

(가니메데스 목소리로 코린에게) 안녕하시오?

코린

젊은 나리, 안녕하세요?

친구분들도요.

로잘린드(가니메데스)

양치기 영감님, 부탁 좀 합시다.

이 외딴곳에 외지인들에게 인심이 후한 곳이나,

돈을 받고 먹을 것과 쉴 곳을 내어주는 곳이 있다면
우리를 그곳으로 안내해주겠소?
이 젊은 아가씨는 먼 길을 오느라 몹시 지친 데다
배까지 곯아서 쓰러질 지경입니다.

코린

아가씨가 딱하게 됐습니다.
제 욕심이 아니라 아가씨를 위해서라도
제 처지가 이보다 나았다면 좋았을 텐데요.
저는 다른 사람의 양을 치는 신세라
이 양들의 털끝 하나도 제 마음대로 할 수 없답니다.
제 주인은 몹시 인색해서
남에게 호의를 베풀어 천국에 가겠다는 생각 따위는
아예 없는 사람입니다.
게다가 양 떼와 목장은 지금 팔려고 내놓은 상태지요.
주인이 출타 중이라
집에 당신들께 드릴 만한 게 아무것도 없을 테지만,
혹시 모르니 가서 뭐가 있는지 봅시다.
제가 드릴 수 있는 건 말씀뿐이긴 하지만
진심으로 환영합니다.

로잘린드(가니메데스)

양 떼와 목장을 사겠다는 사람이 있습니까?

코린

조금 전에 여기서 봤던 동네 젊은이가
관심을 조금 보이긴 합니다.

로잘린드(가니메데스)

팔려고 내놓은 게 맞고,
상태가 온전하다면 부탁 좀 드리겠소.
우리 대신 오두막과 양 떼와 목장을 사주셨으면 하오.
돈은 우리가 치를 테니까.

실리아(알리에나)

영감님 품삯도 올려드릴게요.
이곳이 마음에 들어요.
여기서는 즐겁게 지낼 수 있을 것 같아요.

코린

팔려고 내놓은 건 확실해요.
저랑 같이 가보시죠.
얘기를 더 들어보시고,
그 땅에서 나오는 수익과 이런 삶이 마음에 드신다면
당장 그것들을 사기로 합시다.
제가 충실한 일꾼이 되어드릴 테니.

(모두 퇴장한다)

2막 5장

『아덴 숲』

(아미엔스, 제이퀴즈, 다른 귀족들 등장한다)

아미엔스

(노래한다)

"푸르른 나무 아래
나와 함께 누워,
아름다운 새소리에 맞추어
즐겁게 노래하고 싶은 사람,
이리로 오시오, 이리로 오시오.

그분은 아실 거예요.
여기엔 적이 없고,
겨울철 매서운 추위만 있다는 걸."

제이퀴즈

더, 좀 더 불러주시오.

아미엔스

제이퀴즈 씨, 더 부르면
당신 기분만 우울해질 거요.

제이퀴즈

그럼 더 좋지요.
제발 좀 더 불러주시오.
족제비가 달걀을 쪽 빨아 먹듯이,
난 노래에서 구슬픔만 쏙 빼먹을 수 있단 말이오.
부탁이니 더 불러주시오.

아미엔스

목소리가 거칠어서 당신을 즐겁게 하기는커녕
귀에 거슬리기만 할 텐데요.

제이퀴즈

나를 즐겁게 해달라는 게 아니라
노래를 불러달라는 거요.
어서 몇 소절 더 불러 보시오.
그런 노래를 '스탠자'라고 하나요?

아미엔스

뭐든 좋으실 대로 부르세요.

제이퀴즈

하긴 그깟 이름이야 뭐라고 부르든 상관없지요.

내가 쫓아다니며 빚을 받아야 하는 사람들 이름도 아니고.
그럼 노래하시겠소?

아미엔스

썩 내키진 않지만
그렇게 원하시니 불러 보겠습니다.

제이퀴즈

누군가에게 고맙다고 말해야 한다면
바로 당신에게 고맙다고 해야겠군요.
그런데 이른바 '예의'를 차린다는 게
꼴사나운 사람 둘이 만나는 것 같아서
썩 좋지는 않습디다.
누가 진심으로 고맙다고 말할 때
난 이런 생각이 드니 말이오.
'저놈에게 한 푼 쥐여줬더니
거지처럼 고마워하며 어쩔 줄 몰라 하는군.'
여하튼 이제 노래를 불러 보시오.
듣는 이들은 입을 다물고 있는 거요.

아미엔스

그럼 부르던 노래를 마저 부르겠습니다.
노래하는 동안 여러분은 술상을 봐주시죠.
공작께서 이 나무 아래서 한잔하시겠답니다.
참, 공작께서 하루 종일 당신을 찾으시던데요.

제이퀴즈

나는 온종일 그분을 피해 다녔소.

나와 함께 계시면 어찌나 논쟁을 즐기시는지 모른다오.

나도 그분 못지않게 사색을 즐기지만,

하늘에 감사할 뿐 그걸 뽐내지는 않지요.

자, 노래를 시작하시오.

다 같이

(노래한다)

"야망을 버리고

근심 걱정 없이 살고 싶은 사람,

스스로 먹을 것을 구하고

가진 것에 만족하는 사람,

이리로 오시오, 이리로 오시오.

그분은 아실 거예요.

여기엔 적이 없고

겨울철 매서운 추위만 있다는 걸."

제이퀴즈

내가 아는 것도 별로 없고 상상력도 달리지만,

어제 이 가락에 맞춰 가사를 써봤다오.

이걸 받아주시오.

아미엔스

그럼 제가 불러 보겠습니다.

제이퀴즈

가사는 이렇소.

"만약에, 만약에

어떤 이가 바보가 되어

부귀영화 다 버리고

고집대로만 살려 한다면,

두크담, 두크담, 두크담

이 숲에서 알게 되리

자기 같은 바보들 천지라는 걸.

나를 보면 알게 되리."

아미엔스

'두크담'이 무슨 뜻인가요?

제이퀴즈

별 뜻이 없는 주문이오.

바보들에게 둥그렇게 원을 만들어

서라고 할 때 쓰는 거요.

난 이제 가서 한숨 자야겠소.

잠이 오지 않으면

그 옛날 이집트에서 태어난 장자들처럼

원망스러운 사람들에게 욕이나 실컷 퍼부으리다.*

* 성서에 나오는 《출애굽기》 12장 29~30절의 내용을 빗댄 말

아미엔스

저는 공작님을 찾아봐야겠습니다.

술자리가 다 준비됐거든요.

(모두 퇴장한다)

2막 6장

『아덴 숲』

(올란도와 아담 등장한다)

아담

도련님, 더는 못 가겠어요.
아이고, 배고파 죽을 것 같아요.
여기 누울 테니 무덤이나 만들어주세요.
잘 가세요, 우리 착한 도련님.
(바닥에 드러눕는다)

올란도

아담, 왜 이래?
이렇게 의지가 약한 사람이었어?
어떻게든 살아남아야지.
잠시 쉬면서 기운을 차려 봐.
이 낯선 숲에도 짐승은 살고 있겠지.

내가 그 짐승의 먹이가 되는 한이 있어도
한 마리 잡아 와 배를 채워줄게.
아담은 아직 기운이 남아 있는데
마음이 약해진 거야.
날 생각해서라도
죽는다는 생각은 잠시 접어두고 기운 내.
얼른 다녀올게.
혹시 내가 먹을 것을 구해오지 못하면
그때 가선 죽는다고 해도 뭐라 하지 않을게.
하지만 내가 돌아오기 전에 죽으면
아담은 내 노력을 헛되게 하는 거야.
그래, 그렇게 기운을 내야지.
기운이 좀 돌아온 것 같으니 얼른 다녀올게.
그런데 이렇게 바람이 찬 곳에 두고 갈 순 없지.
찬바람을 피할 수 있는 곳으로 데려다줄게.
이 외딴곳에 어떤 짐승이라도 살고 있다면
아담이 굶어 죽는 일은 없을 거야.
기운 내, 아담.

(모두 퇴장한다)

2막 7장

『아덴 숲』

(전임 공작, 아미엔스,
산적 차림을 한 귀족들이 등장한다)

전임 공작

그 사람은 짐승으로 둔갑이라도 한 모양이오.
사람 모습을 한 이들 중에
그 사람 모습은 눈을 씻고 찾아봐도
보이질 않으니 말이오.

귀족 1

공작님, 그는 조금 전까지 여기 있었습니다.
여기서 노래를 들으며 즐겁게 있다가 간걸요.

전임 공작

허허, 툭하면 다투는 사람이 음악에 취하다니
천체의 조화로운 화음이 곧 깨지게 생겼군.

가서 그를 찾아보시오.
찾으면 내가 얘기 좀 나누었으면 한다고 전해주고.

(제이퀴즈 등장한다)

귀족 1

제 발로 나타나서 수고를 덜어주는군요.

전임 공작

(제이퀴즈에게) 이보게, 대체 어찌 된 일인가?
자네와 자리를 함께하려면
이 딱한 친구들이 간청이라도 해야 하니 말이야.
그런데 자네는 즐거워 보이는군.

제이퀴즈

광대요, 광대가 나타났어요!
숲속에서 알록달록한 옷을 입은
어릿광대를 만났습니다.
이리 혼탁한 세상에 광대라니!
분명히 광대를 만났어요.
바닥에 드러누워 햇볕을 쬐면서
운명의 여신에게 조곤조곤 따지고 있더라고요.
알록달록하게 차려입은 어릿광대였지만,
말은 신중하게 골라서 하더군요.

제가 '안녕하시오, 광대 양반.'하고 인사하니,
그가 이렇게 대꾸했어요.
'그리 부르지 마시오.
하늘은 광대를 어여삐 여긴다고 하니,
하늘에서 복을 내려주기 전에는
날 광대라고 부르지 마시오.'
그러고는 주머니에서 해시계를 꺼내더니
나른한 눈으로 그걸 들여다보며 꽤 현자처럼 말했어요.
'열 시군. 우리는 세상이 흘러가는 걸
이렇게 알 수 있지.
한 시간 전에는 아홉 시였으니
한 시간 뒤에는 열한 시가 되겠지.
그러니 우리는 시시각각 무르익고
또 시시각각 썩어가는 거야.
거기엔 다 이유가 있지.'
그 어릿광대가 시간에 관한 교훈을 되새기는 것을 듣고,
저는 허파에 바람 들어간 수탉처럼
까르르 웃고 말았지요.
광대가 그토록 심각하게 사색하고 있으니 우습잖아요.
광대의 해시계로 꼬박 한 시간은 쉬지 않고 웃었답니다.
아, 고상한 광대라니!
훌륭한 광대라니까요!

알록달록한 옷이 정말 멋졌답니다.

전임 공작

그 광대는 어떤 사람이던가?

제이퀴즈

훌륭한 광대예요! 궁정에 있었답니다.
그러면서 젊고 예쁜 숙녀들이라면
말하지 않아도 다 알아볼 거라고 하더군요.
그의 두뇌는 긴 항해 뒤 먹다 남은
건빵처럼 굳어 보였지만,
자기가 경험한 별 희한한 일들을
다 기억하는 것 같았어요.
이런저런 얘기들을 두서없이 쏟아내더라고요.
아, 저도 광대가 되어봤으면 좋겠네요!
그의 알록달록한 광대 옷이 몹시 탐납니다.

전임 공작

한 벌 장만해 주겠네.

제이퀴즈

제가 바라는 건 그것뿐입니다.
공작님께서는 제가 똑똑한 사람이라고
철석같이 믿으시는 듯한데
그런 생각은 버려주십시오.
저는 광대 옷을 입고 자유를 누리고 싶습니다.

어디든 휘몰아치는 바람처럼
누구든 풍자할 수 있는 자유 말입니다.
광대들에겐 그런 자유가 있으니까요.
저의 풍자를 가장 분하게 여기는 이들은
가장 크게 웃어야 할 겁니다.
왜 그래야 하냐고요?
그 이유야 성당으로 난 길처럼 아주 빤하죠.
광대에게 교묘하게 공격당한 사람은
찔린 데가 아파도 아프지 않은 척하며
바보처럼 행동합니다.
그렇지 않으면 아무렇게나 찔러보는 공격에도
똑똑한 이들의 허술함이 낱낱이 드러나는 셈이니까요.
제게 광대 옷을 입혀주세요.
속에 있는 얘기를 마음껏 떠들 수 있게 허락해주세요.
그러면 병든 세상의 악취 나는 시체들을
깨끗이 치워드리겠습니다.
세상 사람들이 끈기 있게
저의 처방을 들어주기만 한다면 말입니다.

전임 공작

예끼, 이 사람!
자네 꿍꿍이가 훤히 보이네.

제이퀴즈

제가 무슨 꿍꿍이가 있다고
그렇게 말씀하십니까?

전임 공작

남을 비방하는 건 가장 해롭고 비열한 죄악이네.
그러는 자네는 난봉꾼으로 살아왔잖은가.
그렇게 방탕하게 살다가
병에 걸려 상처가 부어오르고
종기가 곪아 터지려 하니
그걸 세상에 쏟아내려는 속셈이지.

제이퀴즈

아니, 허세 부리는 사람들을 비난하는 게
어떻게 특정한 사람에 대한 비난이 될 수 있습니까?
허세는 바닷물처럼 확 덮치지는 않지만,
그것을 지탱하는 수단이 썰물처럼 빠져나가면
엄청난 파도를 몰고 옵니다.
장사꾼의 아내들이 분수에 맞지 않는
왕족이나 입는 값비싼 옷을
걸치고 다닌다고 말하는 게
특정한 장사꾼의 아내를 겨냥하는 말은
아니지 않습니까?
이웃에 자기 같은 사람이 또 있는데,
제가 조롱했다고

나서서 따지는 여인이 어디 있겠습니까?
또는 미천한 직업을 가진 어떤 사내가
제가 그의 값비싼 옷을 트집 잡은 줄 알고
그 옷을 사는 데 보태준 게 있냐고 저한테 따진다면,
그의 어리석음은 제 조롱의 성격에 딱 맞지 않겠습니까?
제 생각은 그렇습니다.
그런데 뭐가 문제라고 그러십니까?
제 말이 어떤 점에서 그를 욕보인 건지 알려주십시오.
그가 마땅히 들어도 될 말을 제가 한 거라면,
그는 제 발이 저려서 자신을 욕보인 겁니다.
만일 제 말에 찔리는 사람이 아무도 없다면,
제 풍자는 주인 없는 기러기처럼
훨훨 날아가 버릴 테지요.
(올란도가 칼을 들고 등장한다)
그런데 저기 오는 게 누구죠?

올란도

꼼짝 마!
더 이상 음식에 손대지 마라.

제이퀴즈

이런, 난 아직 아무것도 못 먹었소.

올란도

내가 필요한 만큼 챙기기 전에는

아무도 못 먹는다.

제이퀴즈

이 싸움닭 같은 젊은이는 대체 누구신가?

전임 공작

(올란도에게) 이보게,

힘든 일을 겪어서 이리 대담하게 구는 건가,

아니면 원래 예의 따위는 무시하는 사람인가?

올란도

첫 번째 이유가 맞소.

내 처지가 몹시 궁해서

예의를 따질 여유가 없소이다.

하지만 나는 도성에서 나고 자란 사람이고,

예의범절이 무엇인지도 알고 있소.

움직이지 말라고 했소.

내 볼일이 끝나기 전에

이 음식에 손대는 자는 죽을 거요.

제이퀴즈

자네 볼일이 말로 해결되지 않는다면

난 죽은 목숨이군.

전임 공작

(올란도에게) 원하는 게 뭔가?

힘으로 호의를 강요하지 않고

신사답게 행동한다면
우리 마음을 더 쉽게 움직일 수 있을 걸세.

올란도

배가 고파 죽을 지경이니 먹을 것 좀 주시오.

전임 공작

자, 앉아서 들게.
우리 식사에 초대하겠네.

올란도

그리 친절하게 말씀해주시니 부끄럽습니다.
부디 용서해주십시오.
여기선 모든 게 야만적인 줄 알고
험악하게 행동했습니다.
그런데 뭐 하시는 분들이기에
찾는 사람 하나 없는 이런 외딴곳에서
침침한 나무 그늘에 앉아
더디 흘러가는 시간을 무심히 보내고 계신 겁니까?
아마도 지난날엔 이보다 나은 생활을 했고,
미사를 알리는 성당 종소리가 울리는 곳에
살았던 분들 같습니다.
귀한 분들의 연회에도 참석했고,
눈시울을 적시는 눈물을 닦은 적도 있으며,
남을 동정하고 남의 동정 받는 게

무엇인지도 아는 분들 같다는 말씀입니다.
저도 무력을 쓰지 않고
여러분을 신사답게 대하고 싶습니다.
부끄럽지만 이제 칼날을 거두겠습니다.
(칼을 칼집에 넣는다)

전임 공작

자네 말이 맞네.
지난날 이보다 나은 생활을 했지.
거룩한 종소리를 들으며 성당에 갔고,
귀한 분들의 연회에도 참석했어.
성스러운 연민에 뜨거운 눈물을 닦은 적도 있지.
그러니 여기 앉아서 신사답게
자네가 필요한 것을 말해보게.

올란도

그럼 조금만 기다렸다가 음식을 드십시오.
저는 어미 사슴처럼 새끼 사슴을 찾아
먹이를 챙겨주어야 합니다.
저와 함께 온 불쌍한 노인이 있어서요.
순전히 저를 아끼는 마음에
이 고단한 여정을 따라나섰는데
지금 걸음도 제대로 못 걷습니다.
노쇠한데 허기까지 겹치니

괴로움도 두 배입니다.

저는 노인의 주린 배를 먼저 채워주기 전에는

아무것도 먹을 수 없습니다.

전임 공작

가서 노인을 찾아오게.

자네가 돌아올 때까지 우리도 먹지 않고 있을 테니.

올란도

고맙습니다.

이런 호의를 베풀어 주시니 축복받으실 겁니다.

(퇴장한다)

전임 공작

우리만 불운한 게 아니라는 걸 잘 보았을 것이오.

세상이라는 이 넓은 무대는

우리가 연기하는 장면보다

더 비참한 광경을 보여주는구려.

제이퀴즈

온 세상이 하나의 무대고,

모든 남녀가 한낱 배우에 지나지 않습니다.

그들은 제각기 등장했다가 퇴장하지요.

사람은 사는 동안 다양한 역할을 맡는데,

그 연극은 7막으로 이루어졌습니다.

1막에선 갓난아기 역할입니다.

유모 품에 안겨 가냘프게 울고,
젖을 토하기도 합니다.
　2막에선 투덜대는 학생 역할입니다.
아침이면 갓 세수한 윤기 나는 얼굴로
책가방을 둘러메고 달팽이처럼 느릿느릿
가기 싫은 학교에 가지요.
　3막에선 연인 역할입니다.
용광로처럼 뜨거운 한숨을 내쉬며,
연인의 눈썹에 바치는
애절한 노래를 부른답니다.
　4막에선 군인 역할입니다.
별난 맹세를 줄기차게 늘어놓고,
표범처럼 수염을 기르기도 하지요.
명예를 더럽힐까 봐 전전긍긍하고,
무모하게 싸움에 뛰어들고,
덧없는 명성을 얻기 위해
대포 구멍에 뛰어드는 것도
두려워하지 않습니다.
　5막에선 재판관 역할입니다.
기름진 고기로 채운 배는 툭 튀어나왔고,
눈빛은 가까이하기 어려우며,
수염은 격식에 맞춰 다듬어져 있지요.

격언이나 자주 일어나는 사례들을
줄줄 꿰고 있어야 하는 역할입니다.
6막에선 몸이 야위고 기력이 달리는 노인 역할입니다.
코끝에 안경을 걸치고,
옆구리에는 돈주머니를 차고 다니지요.
젊었을 적 입다가 고이 간직해둔 바지를
다시 꺼내 입는데,
쪼그라든 다리에 비해 바지통이 너무 넓지요.
남자다웠던 우렁찬 목소리는
어린애 목소리로 되돌아가서
높고 가는 소리가 나고,
쉿소리가 날 때도 있습니다.
파란만장하고 기묘한 일생을 마무리하는 7막은
두 번째 유년기입니다.
모든 게 망각의 늪에 묻힙니다.
이는 다 빠져버리고,
눈도 보이지 않고,
입맛도 잃지요.
남은 게 아무것도 없습니다.

(올란도가 아담을 업고 등장한다)

전임 공작

어서 오게.

노인을 내려놓고 음식을 내어 드리게.

올란도

이 노인을 대신해 진심으로 감사드립니다.

아담

도련님, 당연히 그러셔야죠.

저는 고맙다고 말할 기운도 없답니다.

전임 공작

잘 오셨소. 어서 앉으시오.

어떤 일들을 겪었는지 묻고 싶지만,

지금은 성가시게 하지 않겠소.

이보게, 음악을 연주하게.

자네는 한 곡 불러주고.

(공작과 올란도는 한쪽에서 대화를 이어간다)

아미엔스

(노래한다)

"불어라, 불어라, 겨울바람아.

너는 은혜를 모르는 인간처럼

그리 몰인정하진 않구나.

네 숨결은 거칠어도
네 이빨은 그리 날카롭지 않구나.
너는 눈에 보이지 않으니까.
노래하자, 저 푸른 호랑가시나무를 위해.
대부분 우정은 가식, 사랑은 바보짓일 뿐.
인생은 참으로 즐겁도다.

얼어라, 얼어라, 매서운 하늘아.
너는 은혜를 잊는 인간처럼
꽉 깨물지는 않는구나.
물은 얼게 할지라도
우정을 저버린 사람들처럼
그리 날카롭게 찌르진 않는구나.
노래하자, 저 푸른 호랑가시나무를 위해.
대부분 우정은 가식, 사랑은 바보짓일 뿐.
인생은 참으로 즐겁도다."

전임 공작

(올란도에게) 자네 말을 듣고 나니 이해가 가는군.
훌륭한 롤란드 경의 아들이라니,
진심으로 환영하네.
이제 보니 자네 얼굴이 부친을 빼닮아서
마치 그의 얼굴을 보는 것 같군.

내가 공작이었을 때 자네 부친을 무척이나 아꼈지.
내가 지내는 동굴로 가서
그동안 있었던 일들을 마저 들려주게.
노인장, 주인과 더불어 진심으로 환영하오.
(귀족들에게) 노인의 팔을 부축해주시오.
(올란도에게) 자네 손을 이리 주게.
이제껏 겪은 일을 다 들려주게나.

(모두 퇴장한다)

3막

3막 1장

『프레드릭 공작의 궁정』

(프레드릭 공작과 귀족들, 올리버 등장한다)

프레드릭 공작

(올리버에게) 그 뒤로 그 녀석을 보지 못했다고?
이보게, 그럴 리가 없지.
내가 자비로운 사람이 아니었다면
사라진 그 녀석을 찾는 대신,
눈앞에 있는 자네에게 앙갚음했을 거야.
잘 새겨듣게.
자네 동생이 어디에 있건 그 녀석을 찾아와.
밤낮없이 찾아야 할 거야.
살리든 죽이든 열두 달 안에 내게 끌고 와.
그렇지 않으면 내 영토에 들어와 살 생각은
두 번 다시 하지 말아야 해.

자네가 자네 것이라고 여기는 모든 토지와 재산 중
쓸 만한 것들은 모조리 몰수할 테니까.
동생이 나타나 제 입으로
형의 혐의를 벗겨줄 때까지 말이야.

올리버

공작님, 저의 진심을 알아주십시오.
저는 지금껏 동생이란 녀석을
한 번도 사랑해본 적이 없습니다.

프레드릭 공작

그렇다면 더욱 괘씸한 놈이로구나.
이 자를 문밖으로 내쫓고,
담당 관리들을 시켜 이 자의 집과 토지를
모조리 몰수하도록 해라!
일을 신속히 처리하고, 이 자를 당장 끌어내!

(모두 퇴장한다)

3막 2장

『아덴 숲』

(올란도가 종이 한 장을 들고 등장한다)

올란도

나의 시편(詩篇)들이여,
여기 걸어둘 테니 내 사랑의 증인이 되어다오.
달과 정절과 저승을 관장하는 밤의 여신이시여,
투명한 하늘에 걸려 있는 달님의 순수한 눈으로
제 삶을 지배하는 당신의 사냥꾼
로잘린드를 굽어보소서.
아, 로잘린드여, 이 나무들이 곧 내 책이니
나무껍질에 내 생각을 새기겠소.
그리하여 이 숲에 사는 모든 이들이 가는 곳마다
그대의 빼어남을 보게 될 거요.
올란도, 뛰어, 어서 뛰어!

아름답고 순수하고,
이루 말할 수 없이 훌륭한
그녀의 이름을 나무마다 새기러 가야지.
(퇴장한다)

(코린, 터치스톤 등장한다)

코린
터치스톤 나리,
양치기 생활을 해보니 어떻습니까?

터치스톤
사실 양을 치는 생활 자체는 좋지만,
양치기의 삶이란 게 무의미해.
고독한 생활은 아주 마음에 드는데
너무 쓸쓸해서 넌더리가 날 때도 있지.
전원생활은 퍽 만족스럽지만,
궁정 생활이 아니니 지루하기도 하고.
검소한 생활이 내 체질에 맞긴 하지만
풍족하지 않으니 마냥 좋기만 한 건 아니야.
양치기 영감, 자네도 삶의 철학 같은 게 있나?

코린
아는 건 별로 없지만,

사람은 병이 깊을수록 더욱 괴롭고,
돈과 수완, 그리고 만족이 없는 삶이란 게
좋은 친구 셋을 잃은 것과 같다는 정도는 압니다.
비의 성질은 적시는 것이고,
불의 성질은 태우는 것이며,
좋은 목장이란 양을 살찌우는 곳입니다.
밤이 찾아오는 이유는 해가 사라지기 때문이지요.
날 때부터 똑똑하지 못했거나 배움이 부족해서
머리에 든 게 없는 사람들은
집에서 제대로 배우지 못한 것을 탓하거나,
보잘것없는 혈통을 원망합니다.

터치스톤

자넨 천생 철학자군.
궁에 가본 적은 있나?

코린

아니요. 제 주제에 궁은요.

터치스톤

그럼 자넨 저주받았군.

코린

아니, 그럼 큰일이게요.

터치스톤

정말 저주받은 거라니까.

한쪽만 익고 한쪽은 설익은 달걀처럼.

코린

궁에 가본 적이 없어서요?

그게 이유라고요?

터치스톤

궁에 가본 적이 없다면

예의범절이란 걸 구경도 못 해봤겠지.

예의범절을 구경도 못 해봤으니

자네 행동은 틀림없이 매우 사악할 거란 말이야.

사악함은 곧 죄악이니

죄악은 마땅히 저주를 받아야지.

양치기 영감, 자네는 위험한 상황에 처했어.

코린

당치 않아요.

궁에서 지키는 예의범절이

이런 시골에서는 우스꽝스러울 뿐인걸요.

시골 사람의 행동이

궁에서는 큰 조롱거리가 되듯이 말이죠.

궁에서는 말로 인사하는 대신

손에 입을 맞춘다면서요.

양치기들이 예의를 지킨답시고

궁의 신하들처럼 손에 입을 맞추면

불결하기 짝이 없을 겁니다.

터치스톤

그럼 간단히 증거를 대봐.

코린

우린 쉴 새 없이 양을 다루는데
양털은 기름기가 많아 지저분하거든요.

터치스톤

아니, 궁에 있는 사람들은
손에 땀도 안 나는 줄 알아?
사람의 땀은 깨끗하고
양털의 기름만 더럽다는 거야?
그런 얄팍한 소리는 집어치우고
더 나은 증거를 대봐.

코린

게다가 우리 손은 뻣뻣해요.

터치스톤

손이 뻣뻣하면
입술에 감촉이 더 잘 느껴지겠지.
이번 대답도 얄팍하군.
좀 더 그럴싸한 증거를 대봐.

코린

허구한 날 양의 상처를 치료해야 하는데

그때마다 양치기들 손은 타르 범벅이 돼요.
우리더러 타르 범벅인 손에 입을 맞추라고요?
궁정 사람들의 손에서는
사향 향수 냄새가 난다면서요.

터치스톤

더없이 얄팍한 사람이군.
질 좋은 고기에 비하면 자넨
구더기가 들끓는 썩은 고기에 지나지 않아.
분별 있는 사람들을 본받아 생각 좀 깊이 해봐.
사향은 타르보다 더 저급한 물질이네.
고양이의 더러운 배설물에서 얻는 거잖아.
양치기 영감, 더 나은 예를 대 봐.

코린

나리가 너무 고상하고 똑똑해서
말로는 못 당하겠어요.
이제 그만할래요.

터치스톤

그럼 저주받아도 괜찮은가?
신이시여, 이 얄팍한 사람을 굽어살피소서!
신께서 자네를 다듬어주실 거야.
자넨 아직 사람이 덜됐거든.

코린

나리, 저는 착실한 일꾼이에요.
먹을 것과 입을 것은 제가 벌어서 구하지요.
누구에게 미움 살 짓을 한 적도 없습니다.
남의 행복을 시샘하지도 않아요.
남에게 좋은 일이 있으면 같이 기뻐하고,
제 불행은 묵묵히 받아들입니다.
가장 큰 즐거움은 어미 양들이 풀을 뜯고,
새끼 양들이 젖을 빠는 모습을 지켜보는 거랍니다.

터치스톤

그건 무지에서 비롯된 또 하나의 죄악이야.
암양과 숫양을 한데 모아놓고,
그것들을 교미시켜
생계를 꾸릴 생각을 하니 말이야.
우두머리 숫양의 뚜쟁이가 되어,
아직 한 살밖에 안 된 암양을
뿔 달린 늙은 숫양에게 넘겨주다니.
그렇게 짝지어주면 안 되는 거잖아.
이러고도 자네가 저주받지 않는다면
악마조차 양치기들을 상대하고 싶지 않은 거지.
그렇지 않고서 자네가 어떻게 저주를
피해갈 수 있을지 모르겠군.

(가니메데스로 변장한 로잘린드 등장한다)

코린

저기 가니메데스 나리가 오시는데요.
새 주인의 오빠 되는 분이시죠.

로잘린드(가니메데스)

(종이를 보고 읽는다)
"인도 제국 동쪽 끝에서 서쪽 끝까지 둘러봐도
로잘린드 같은 보석은 어디에도 없으리.
로잘린드의 참된 가치는 바람에 실려
온 세상으로 퍼져나가리.
가장 아름답게 그려진 그림 속 여인들도
로잘린드에 비하니 빛이 바랬네.
어떤 얼굴도 마음에 두지 않으리.
내겐 오직 아름다운 로잘린드뿐."

터치스톤

그런 식으로 시를 쓴다면
여덟 해 동안 내리쓸 수 있겠어요.
밥 먹고 잠자는 시간만 빼고 말이에요.
시장에 버터 팔러 터벅터벅 걸어가는
아낙들의 발걸음처럼 단조롭기 짝이 없군요.

로잘린드(가니메데스)

입 다물어, 광대야.

터치스톤

그럼 맛보기로 하나 들려드리죠.

(시를 읊는다)

"암사슴을 쫓는 수사슴이 있다면
로잘린드 같은 사슴을 쫓게 하고,
짝을 찾는 고양이가 있다면
로잘린드 같은 짝을 찾게 하리.
겨울 의복은 안감을 대야 하고,
호리호리한 로잘린드는 살을 찌워야 하리.
곡식을 수확해 한 단씩 묶어 갈무리한 뒤에는
로잘린드를 태운 수레에 실어 나르리.
달콤한 열매엔 신 껍질이 있고,
로잘린드에겐 가시가 있지.
가장 향긋한 장미꽃을 찾는 사내는
사랑의 가시, 로잘린드의 가시를 견뎌야 하리."

그런 시는 늘어지고 단조롭기만 하지요.

어쩌다 그런 시에 물드셨어요?

로잘린드(가니메데스)

모르면 가만히 있어, 바보 어릿광대야.

나무에 걸려 있었어.

터치스톤

저런, 그 나무가 몹쓸 열매를 맺었군요.

로잘린드(가니메데스)

그 나무에 너를 접붙이고,
그걸 다시 모과나무에 접붙여야겠어.
그 나무는 이 땅에서 가장 먼저 열매를 맺을 거야.
그럼 절반도 익기 전에 썩기 시작하겠지.
모과는 썩어야 제구실을 하는 열매잖아.

터치스톤

말씀 잘하셨습니다.
그 말씀이 옳은지 그른지는 숲의 판단에 맡기시죠.

(알리에나로 변장한 실리아가
손에 든 종이를 읽으며 등장한다)

로잘린드(가니메데스)

쉿! 저기 실리아가 무언가 읽으면서 오고 있어.
물러서서 들어보자.

실리아(알리에나)

(종이를 읽는다)
"이곳은 어찌 이리 적막할까?
사람이 살지 않아서일까?
그건 아니라네.

나무마다 글귀를 매달아
모든 사람이 근엄한 격언들을 볼 수 있게 하리.
어떤 나무는 방랑의 순례길을 달려가는
인간의 삶이 얼마나 덧없는지 보여줄 거야.
한 뼘밖에 안 되는 인간의 짧은 인생.
어떤 나무는 영혼을 건 친구들의 맹세가
산산이 조각난 것을 보여줄 거야.
아름다운 가지마다
문장이 끝나는 곳마다
'로잘린드'라고 적어두고,
그 글을 읽는 모든 이에게 알려줄 거야.
하늘이 인간의 모습으로 보여주려 한
모든 영혼의 정수를.
하늘은 자연에 명했지.
많은 여인에게 흩어져있는
온갖 미덕을 모아 이 여인의 몸을 채워야 한다고.
자연은 헬렌의 변절이 아니라
얼굴에서 미의 정수를 뽑았고,
클레오파트라의 위엄을,
여걸 아탈란타의 당당한 걸음걸이를,
엄숙한 루크레티아의 정숙함을 뽑아냈다네.
그러므로 수많은 미덕으로 채워진 로잘린드는

신들의 계획으로 빚어졌지.
그녀에게는 수많은 얼굴과 눈과 마음,
그리고 가장 뛰어난 자질이 담겨 있다네.
하늘의 뜻으로 이 모든 선물이 주어졌으니
나는 그녀의 노예로 살다 죽으리라."

로잘린드(가니메데스)

아, 다정한 신이시여,
사랑 타령하는 지루한 설교로
소인들을 이리 지치게 하실 겁니까?
'여러분, 조금만 더 참고 들어보세요.'라고
달래주지도 않으시면서.

실리아(알리에나)

다들 뭐 하는 거야?
양치기 영감, 물러서요.
좀 더 떨어지라고요.
광대도 저리 가 있어.

터치스톤

양치기 영감, 우리는 명예롭게 퇴각하지.
군인이 아니니 짊어지고 갈 군장은 없지만,
자네 전대는 챙기게.

(터치스톤, 코린 퇴장한다)

실리아

이 시들을 본 적 있어?

로잘린드

그럼.

그것들만 본 게 아니야.

그런 시들이 더 있단다.

어떤 시들은 각운을 너무 많이 썼더라.

실리아

그건 중요하지 않아.

각운이 시구를 이끌고 갈 수도 있으니까.

로잘린드

각운은 아무 힘이 없어서

시구 없이는 혼자 할 수 있는 게 아무것도 없어.

그러니 시구 안에서 방황하고 있을 뿐이야.

실리아

그런데 그 시들을 보면서

왜 언니 이름이 나무마다 걸려있고 새겨져 있는지

궁금하지 않았어?

로잘린드

사실 네가 오기 전에 소스라치게 놀랐어.

이것 좀 봐.

종려나무 위에서 발견한 거야.
(읽던 종이를 보여준다)
영혼의 윤회를 가르친 피타고라스 시대 이래로
내가 이렇게 시의 주인공이 된 건 처음이야.
아일랜드에서 생쥐로 살았다면
주술사들이 내 이름을 부르며
주문을 외웠을 수도 있지만,
그때 일이 기억날 리는 없지.

실리아

누가 이런 짓을 했을 것 같아?

로잘린드

남자일까?

실리아

한때 언니가 걸고 있던 목걸이가
그 남자 목에 걸려 있었어.
언니, 얼굴이 빨개진 거야?

로잘린드

누군지 알면 어서 말해봐.

실리아

친구끼리는 마주치기 힘든 법이지.
산과 산은 지진이 일어나면 만날 수도 있지만.

로잘린드

대체 누구 얘기를 하는 거니?

실리아

어떻게 언니가 모를 수 있지?

로잘린드

이렇게 부탁할게.

제발 누구인지 말해줘.

실리아

오, 놀라워라. 정말 놀라워.

이 놀라움을 말로 표현할 수가 없네.

로잘린드

내 인내심을 시험하니?

내가 남자처럼 조끼와 바지를 차려입었다고 해서

성격도 남자가 된 줄 알아?

조금만 더 애태웠다간

남태평양 항해만큼이나 지루해지겠다.

제발 누군지 어서 말해봐.

더듬더듬 말해도 괜찮아.

아니면 감추고 있는 남자의 이름을

입 밖으로 쏟아내든가.

목이 좁다란 병 입구에서 꿀렁거리던 포도주가

콸콸 쏟아져 나오듯이 말이야.

네 입을 틀어막고 있는 마개를 따서

그 이름을 들이켜게 해줘.

실리아

그 남자 이름을 삼켜버리겠다고?

로잘린드

평범한 사람이니?
도대체 어떤 사람이야?
머리에 모자는 썼고,
턱수염도 기른 사람이니?

실리아

아니, 턱수염만 듬성듬성 났더라.

로잘린드

그가 감사할 줄 아는 사람이라면
하느님께서 수염을 더 주시겠지.
네가 더 애태우지 않고
그게 누구 턱인지 알려준다면
그의 수염이 좀 더 자랄 때까지 기다릴 수 있어.

실리아

내가 말하는 사람은 올란도라는 젊은이야.
레슬링 선수의 뒷다리와
언니의 마음을 단숨에 잡아채
거꾸러뜨린 사람 말이야.

로잘린드

언니를 놀리면 못써.
숙녀답게 진지한 얼굴로 얘기해 봐.

실리아

언니, 정말 그 사람이야.

로잘린드

올란도라고?

실리아

그래, 올란도야.

로잘린드

어머, 이를 어쩌니?
이렇게 조끼와 바지를 입은 내가 무얼 할 수 있을까?
네가 처음 봤을 때 그 사람은 무엇을 하고 있었니?
무슨 말이라도 했어?
어때 보였니?
차림새는 어떻고?
여기서 무얼 하고 있는 거래?
내 얘기도 물었니?
어디에 머무르고 있대?
너와 헤어질 때 무슨 말을 했어?
언제 그 사람을 다시 만날 거니?
어서 한 마디로 대답해 봐.

실리아

그럼 먼저 가르강튀아*의 입을 빌려다 줘야겠어.
그 많은 질문에 한꺼번에 답하려면
거인의 거대한 입이 필요할 테니까.
질문마다 예, 아니요로 대답하기는
교리문답에 답하기보다 더 힘들다고.

* 프랑수아 라블레의 풍자소설《가르강튀아와 팡타그뤼엘 이야기》에 나오는 거인 왕.

로잘린드

그런데 내가 남장하고 이 숲에 있다는 걸
그 사람이 알까?
그 사람은 레슬링 하던 날처럼 담대해 보였니?

실리아

사랑에 빠진 사람의 질문에 대답하느니,
햇볕 아래 날리는 먼지의 수를 세는 게 더 낫겠어.
그 사람 만난 얘기를 해줄 테니
경건한 마음으로 잘 새겨들어.
어떤 나무 아래서 그 사람을 봤는데
마치 바닥에 떨어진 도토리 같더라.

로잘린드

도토리 같은 열매가 떨어져 있었다면
그건 유피테르 신의 상징인 참나무였을 거야.

실리아

아가씨, 내 말 좀 들으시지요.

로잘린드

계속해 봐.

실리아

그는 부상당한 기사처럼
바닥에 쭉 뻗어있었어.

로잘린드

보는 사람은 측은한 마음이 들었겠지만,
그 사람 덕분에 주위가 온통 환했겠다.

실리아

언니, 제발 혀 좀 붙들어 매.
시도 때도 없이 끼어들지 말고.
그 사람은 사냥꾼 차림이었어.

로잘린드

아, 무언가 불길해!
그는 내 심장을 찌르려고 온 거야.

실리아

난 후렴구 없이 노래하고 싶다고.
언니가 내 노래를 계속 방해하고 있잖아.

로잘린드

내가 여자인 걸 잊었니?
생각이 자꾸 말로 나오는 걸 어떡해.
얘, 계속 얘기해 봐.

실리아

언니가 말을 끊었잖아.

(올란도, 제이퀴즈 등장한다)

쉿, 저기 오는 게 그 사람 맞지?

로잘린드

그 사람 맞아.

숨어서 지켜보자.

(실리아와 함께 한쪽으로 물러선다)

제이퀴즈

(올란도에게) 함께 있어 줘서 고맙소.

하지만 솔직히 말하면 혼자 있고 싶었소.

올란도

실은 저도 그랬습니다.

그래도 인사는 해야 하니

함께 있어 주신 데 감사드립니다.

제이퀴즈

잘 가시오.

우리 될 수 있으면 만나지 맙시다.

올란도

저야말로 생판 모르는 남처럼 지냈으면 합니다.

제이퀴즈

부탁이니 나무껍질에 사랑의 시를 새겨서

나무들을 망치는 일을 그만두시오.

올란도

저도 부탁이니 제 시들을 졸렬하게 받아들여서

그 의미를 망치는 일을 그만두십시오.

제이퀴즈

사랑하는 여인 이름이 로잘린드요?

올란도

그렇습니다.

제이퀴즈

이름이 마음에 들지 않는구먼.

올란도

당신 마음에 들라고 지은 이름은 아닐 겁니다.

제이퀴즈

그 아가씨는 키가 얼마나 되오?

올란도

머리가 제 심장에 닿습니다.

제이퀴즈

대답을 참 멋지게 하는군.

혹시 금세공인 아낙들과 친분이 있소?

금반지에 새기는 격언들을

외워서 말하는 게 아닌가 해서 말이오.

올란도

그럴 리가요.

벽걸이에 새겨진 격언 같은 걸 보고
그대로 말씀드리는 겁니다.
당신도 그런 걸 보고
질문을 궁리했을 것 같아서요.

제이퀴즈

재치가 넘치는군.
처녀 사냥꾼 아탈란타의 걸음걸이만큼이나
생각이 민첩한 것 같소.
잠시 앉았다 가겠소?
세상을 주무르는 여주인과 모든 불행에
욕이나 좀 해줍시다.

올란도

이 세상에서 저 자신 말고는
그 누구도 헐뜯고 싶지 않습니다.
게다가 제 허물은 제가 잘 압니다.

제이퀴즈

당신의 가장 큰 허물은
사랑에 빠졌다는 거요.

올란도

당신의 가장 큰 장점과 바꿔준대도
제 허물과 바꾸긴 싫습니다.
아까부터 지루한 얘기만 하시는군요.

제이퀴즈

실은 광대를 찾아다니다가 당신을 만난 거요.

올란도

광대는 개울에 빠졌습니다.
개울을 들여다보시면 보일 겁니다.

제이퀴즈

내 모습이 보이겠지.

올란도

광대가 보이거나,
그렇고 그런 인간이 보일 겁니다.

제이퀴즈

더 이상 당신과 노닥거리며 꾸무럭대지 않겠소.
잘 가시오,
사랑에 빠진 양반.

올란도

가신다니 기쁘군요.
잘 가십시오,
우울증에 빠진 양반.

로잘린드

(실리아에게만 들리게)
짓궂은 시동 흉내를 내며
저 사람에게 말을 걸어봐야겠어.

남자인 척하며 감쪽같이 속일 거야.
(가니메데스 목소리로) 숲지기 양반,
내 말 들리시오?

올란도

잘 들립니다.
왜 그러시오?

로잘린드(가니메데스)

지금이 몇 시인지 시간 좀 알려주시겠소?

올란도

하루 중 대략 언제쯤이냐고 물었어야죠.
숲에는 시계가 없으니까요.

로잘린드(가니메데스)

그럼 이 숲에는
진정한 연인이 살지 않는다는 말씀이군요.
진정한 연인이라면 일 분마다 한숨을 내쉬고,
한 시간마다 앓는 소리를 내뱉으며
시간의 더딘 발걸음을 시계처럼 알려줄 테니 말이오.

올란도

왜 시간의 빠른 발걸음이라 하지 않는 거요?
그게 더 적절하지 않소?

로잘린드(가니메데스)

절대 그렇지 않소이다.

시간은 저마다 다른 속도로 흘러갑니다.
내가 알려드리겠소.
왜 시간이 어떤 이에게는 느긋하게 걸어가고,
또 어떤 이에게는 빠르게 총총 걸어가는지.
어떤 이에게는 전속력으로 달려가고,
또 어떤 이에게는 제자리걸음인지 말이오.

올란도

그럼 어떤 이에게
시간이 빠르게 총총 걸어가는지 알려주시오.

로잘린드(가니메데스)

약혼한 젊은 아가씨에게는
시간이 불안정한 속도로 총총 걸어갑니다.
어떤 때는 약혼하고 결혼식을 기다리는 기간이
일주일밖에 되지 않더라도
시간의 속도가 너무 불안정해서
칠 년처럼 느껴지기도 할 겁니다.

올란도

그럼 어떤 이에게
시간이 느긋하게 걸어갑니까?

로잘린드(가니메데스)

라틴어를 읽을 줄 모르는 사제와
통풍을 앓지 않는 건강한 부자에게는

시간이 느긋하게 갑니다.
사제는 공부할 게 없으니 쉽사리 잠이 들고,
부자는 아프지 않으니 사는 게 즐겁지요.
사제에게는 보람 없이 골병만 안겨주는
공부의 부담이 없고,
부자에게는 가혹하고 지긋지긋한
가난이라는 짐이 없습니다.
그러니 이들에게는 시간이 느릿느릿 가지요.

올란도

그럼 어떤 이에게
시간이 전속력으로 달려갑니까?

로잘린드(가니메데스)

도둑질해서 교수대로 끌려가는 죄수에게는
시간이 빨리 갑니다.
죄수는 걸음을 아무리 천천히 옮겨도
너무 빨리 도착한다고 느낄 테니까 말이오.

올란도

그럼 어떤 이에게
시간이 제자리걸음입니까?

로잘린드(가니메데스)

휴식기를 보내는 변호사들에게는
시간이 멈춰있습니다.

그들은 법정이 휴지기에 들어가면 줄곧 잠만 자니,
시간이 어찌 흐르는지 알지 못하지요.

올란도

예쁘장한 젊은이는 어디 사시오?

로잘린드(가니메데스)

제 누이인 이 양치기 아가씨와 함께
숲 변두리에 살고 있소이다.
치맛자락으로 치면 끝자락 같은 곳이지요.

올란도

여기 토박이요?

로잘린드(가니메데스)

토끼는 태어난 곳에서만 산다는데
나도 그렇습니다.

올란도

이런 외딴곳에 사는 사람치고
말씨가 꽤 고상한 것 같소.

로잘린드(가니메데스)

그런 말 많이 듣습니다.
사실은 성품이 대쪽 같으신 나이 든 삼촌께서
교양 있게 말하는 법을 가르쳐주셨소.
삼촌은 젊었을 때 도성에서 사셨답니다.
궁에서 사랑도 해보신 분이라

궁정 예법도 잘 아셨지요.
그런데 사랑 같은 건 하지 말라고
누누이 잔소리하셨습니다.
내가 여자가 아닌 게 얼마나 다행인지 모른다오.
삼촌은 걸핏하면 여성 전체를 비난하며
아찔한 공격을 하셨으니 말이오.

올란도

그분이 비난한 여자들의 결함 가운데
특히 기억나는 게 있소?

로잘린드(가니메데스)

특별히 큰 결함이라 할 만한 건 없었소.
반 페니짜리 동전처럼 고만고만한 것들이라오.
각각의 결함은 그것 하나만 놓고 보면
커다란 허물 같지만,
다른 것들과 같이 놓고 보면
다 그게 그겁니다.

올란도

몇 가지만 얘기해주겠소?

로잘린드(가니메데스)

그 부탁은 거절하겠소.
병에 걸리지도 않은 사람에게
치료법을 알려줄 수는 없소이다.

이 숲에는 여기저기 휘젓고 다니며
나무껍질마다 '로잘린드'라는 이름을 새기면서
어린나무들을 괴롭히는 사람이 있습니다.
산사나무에는 그 여인에게 바치는 송시를 걸어뒀고,
찔레나무엔 슬픈 사랑 시를 걸어뒀더군요.
하나같이 로잘린드라는 인물을 떠받드는 시들입니다.
그 사랑꾼을 만날 수 있다면,
그에게는 유익한 치료법을 알려주고 싶소이다.
그는 사랑의 열병을 앓고 있는 사람일 테니까 말이오.

올란도

사랑의 열병을 앓고 있는 그 사람이 바로 나요.
부디 당신의 치료법을 알려주시오.

로잘린드(가니메데스)

당신에게는 삼촌께서 말씀하신
증상들이 보이지 않는군요.
사랑에 빠진 사람들에게는
몇 가지 증상이 나타난다고 들었소.
아무리 봐도 당신은 새장 같은 감옥에 갇힌
사랑의 포로는 아닌 듯하오만.

올란도

그분이 말한 증상이란 게 어떤 겁니까?

로잘린드(가니메데스)

사랑에 빠진 사람은 볼이 홀쭉하고,
매일 울어서 두 눈이 때꾼하다는데
당신은 멀쩡하지 않소?
사람들과 어울리는 것도 싫어한다는데
당신은 그래 보이지도 않고.
턱수염 따윈 신경 쓸 여유도 없다는데 당신은 다르군.
뭐, 당신 수염은 조금 나다가 말았으니
그 점은 내가 봐 드리겠소.
양말대님이나 모자의 띠가 제자리에 없어야 하고,
소매의 단추나 신발 끈은 풀려 있어야 하지요.
당신 주변 모든 것을 소홀히 하고,
처량해 보여야 한다는 말이오.
하지만 당신은 전혀 그렇게 보이지 않소.
차림새가 빈틈없이 단정하다오.
다른 누군가를 사랑하는 게 아니라
자기 자신을 사랑하는 사람 같으니 말이오.

올란도

내가 사랑에 빠졌다는 걸
잘생긴 젊은이가 믿어주면 좋겠소.

로잘린드(가니메데스)

그걸 나더러 믿으라는 말이오?
당신이 사랑한다는 그 여인에게

믿어달라고 하는 게 더 빠를 거요.
그 여인은 당신의 사랑을 믿는다고
말로 표현하지 않더라도 분명 속으로는 믿을 겁니다.
여인들은 겉과 속이 다른 경향이 있으니 말이오.
그런데 나무마다 로잘린드를 연모하는 시를
걸어놓은 사람이 정말 당신이오?

올란도

로잘린드의 새하얀 손을 걸고 맹세하겠소.
그 불행한 사람이 바로 나요.

로잘린드(가니메데스)

그 시들에 쓰인 대로
정말 그녀를 그토록 깊이 사랑하오?

올란도

그런 두서없는 글로
내 사랑을 다 표현할 수는 없소.

로잘린드(가니메데스)

사랑은 한낱 광기에 지나지 않소이다.
그런 광기에 물든 사람은
미치광이 다루듯 캄캄한 방에 가두고
매질을 해야 한다오.
사랑에 빠진 사람들을 그런 벌로 고치지 않는 이유는
그 광기가 하도 흔해 빠져서 매질하는 사람도

사랑에 빠지기 때문이라오.
그래도 내 치료법으로는 치료가 가능하오만.

올란도

누군가를 그런 방법으로 고친 적이 있소?

로잘린드(가니메데스)

그렇소. 이 치료법으로 한 사람 고쳤지요.
그 사람에게 나를 자기 연인이라 생각하고
날마다 구애하라고 했소.
나는 변덕스러운 사람이라
때에 따라 슬픈 모습을 보이기도 하고,
다소곳하게 있어 주기도 하고,
이랬다저랬다 하기도 하고,
애타게 보고 싶어 하는 마음을 표현하기도 했소.
또 오만한 모습을 보이고,
엉뚱한 짓이나 바보짓을 하기도 하고,
얄팍한 행동과 지조 없는 모습을 보이고,
눈물을 뚝뚝 흘리거나 활짝 웃어주기도 했다오.
이 모든 열정을 보였지만
어느 것도 진짜는 아니었소.
대개 남녀가 이와 비슷하더군요.
금방 좋아했다가 금세 싫증 내고,
받아들이는가 싶더니 어느새 밀어낸다오.

사랑 때문에 울다가 언제 그랬냐는 듯 침을 뱉지요.
나에게 구애하라고 시키고는
사랑의 광기에 빠진 그를
진짜 미치광이가 되도록 몰아갔소.
그리하여 그 사람은 시끌벅적한 속세를 떠나
벽지의 수도원 같은 곳에서 살게 됐지요.
이렇게 그를 고쳐주었답니다.
사랑에 오염된 당신의 간도
건강한 양의 심장처럼 깨끗이 씻어드리겠소.
사랑의 흔적은 조금도 남지 않을 겁니다.

올란도

그런 치료는 내게 통하지 않을 거요.

로잘린드(가니메데스)

치료할 수 있을 겁니다.
나를 로잘린드라고 부르고,
날마다 내가 사는 오두막으로 찾아와
사랑을 고백한다면 말이지요.

올란도

그럼 내 사랑을 걸고 그리하겠소.
당신이 사는 곳을 알려주시오.

로잘린드(가니메데스)

보여줄 테니 같이 가시지요.

가면서 이 숲 어디쯤 살고 있는지
당신 얘기도 해주시고.
자, 가시겠소?

올란도

그럽시다, 젊은이.

로잘린드(가니메데스)

그렇게 부르지 마시오.
이젠 나를 로잘린드라고 부르시오.
누이, 어서 가자.

(모두 퇴장한다)

3막 3장

『아덴 숲』

(터치스톤과 오드리가 등장하고,
제이퀴즈가 뒤따라 나온다)

터치스톤
오드리, 빨랑빨랑 와.
네 염소들은 내가 끌고 갈 테니.
오드리, 나 어때?
나 정도면 괜찮은 남자지?
이 수수한 외모가 마음에 들지?

오드리
맙소사, 외모라니!
어떤 외모요?

터치스톤
내가 너와 네 염소들 사이에 서 있으니,

기지 넘치고 소박했던 시인 오비디우스가
야만인들 사이에 있는 것 같구나.

제이퀴즈

(방백) 지식을 저리 아무 데나 갖다 붙이다니.
아무것도 모르는 가난한 부부가 초가집에서
유피테르 신을 대접한 것보다 더 심각하군.

터치스톤

아무도 내 시를 이해하지 못하거나
총명한 이들조차 뛰어난 재치를 알아보지 못한다면,
좁은 여관방에 묵고
거액의 계산서를 받는 것보다 더 황당하지.
신들이 너를 시적인 사람으로 만들었다면
정말 좋았을 텐데.

오드리

'시적'인 게 뭔데요?
말과 행동이 정숙한 건가요?
진실한 거예요?

터치스톤

아니, 시는 진실해 보일수록 거짓이란다.
연인들은 시에 빠져들어 온갖 맹세를 하는데,
그들이 시 속에서 하는 맹세는 대개 거짓이야.

오드리

그런데도 신들이 나를
시적으로 만들어주었으면 좋겠어요?

터치스톤

그래. 너는 네가 정숙한 사람이라고
딱 잘라 말하는데,
네가 시인이라면
그 주장이 거짓이라는 희망이라도 품을 수 있잖아.

오드리

내가 정숙한 게 싫어요?

터치스톤

그래. 네가 못생겼다면 모를까,
정숙한데 예쁘기까지 하면
설탕에 꿀을 끼얹은 것 같잖아.

제이퀴즈

(방백) 꽤 유식한 광대군!

오드리

난 예쁘지 않아요.
그래서 정숙함이라도 달라고
신들에게 비는 거라고요.

터치스톤

행실 나쁜 헤픈 계집에게 정숙함을 주는 건
더러운 접시에 정갈한 음식을 담는 격이지.

오드리

난 헤픈 계집이 아니에요.

신들 덕분에 이렇게 못생긴 얼굴로 태어나긴 했지만요.

터치스톤

흠, 못생긴 얼굴로 태어나게 해준 신들께 감사드려.

나쁜 행실은 어차피 나중에 따라올 테니까.

어쨌든 난 너와 결혼할 거야.

그 일로 이웃 마을 사제인

올리버 마텍스트 신부님을 찾아갔었어.

그분이 여기로 와서

우리 혼례를 올려주기로 약속했단다.

제이퀴즈

(방백) 재미있는 구경거리가 되겠군.

오드리

신이시여, 우리에게 기쁨을 주소서!

터치스톤

아멘!

겁쟁이라면 이런 일을 망설일 수도 있어.

이 숲엔 성당도 없고 와줄 사람도 하나 없잖아.

있는 것이라곤 나무들과 염소,

사슴 같은 뿔 달린 짐승들뿐이니.

하지만 그게 무슨 상관이람?

용기를 내.
뿔이란 게 거슬리기도 하지만
어쩔 수 없는 거잖아.
'사람의 욕심에는 끝이 없다.'라는 말도 있지.
맞는 말이야.
이미 멋진 뿔을 가진 사내가
더 욕심을 내는 법이니까.
그래, 그 뿔은 아내의 지참금이지.
남자가 스스로 얻을 수 있는 게 아니야.
오쟁이 진 사내들의 뿔을 말하는 거냐고?
물론이지.
가난한 사내들만 그러냐고?
아니야. 아주 고상한 자들도
천민들처럼 거대한 뿔을 가졌어.
그럼 차라리 홀아비가 더 복 받은 거 아니냐고?
아니야. 성벽으로 둘러싸인 도시가
시골 마을보다 더 좋아 보이듯이,
장가든 사내의 뿔난 이마가
총각의 맨 이마보다 더 명예롭지.
마누라가 없는 것보다
부정한 마누라라도 있는 게 낫고,
뿔이 없는 것보다 있는 게 더 나은 거야.

(올리버 마텍스트 신부 등장한다)
저기 올리버 신부님이 오시는군.
올리버 신부님, 잘 오셨습니다.
이 나무 아래서 식을 올릴까요,
아니면 신부님과 함께 소성당으로 갈까요?

올리버 마텍스트

신부와 함께 입장해서
신랑에게 넘겨줄 사람은 없소?

터치스톤

선물 받듯이 신부를 다른 남자에게서
넘겨받을 생각은 없습니다.

올리버 마텍스트

엄밀히 말해서 신부를 넘겨주는 사람이 없으면
법적으로 결혼이 성립되지 않아요.

제이퀴즈

(앞으로 나오며) 식을 진행하시오.
내가 신부와 입장해 신랑에게 넘겨주겠소.

터치스톤

거시기 양반, 안녕하시오?
마침 잘 만났습니다.
신의 은덕이었는지 얼마 전에도 마주쳤었죠.
다시 만나서 기쁩니다.

이렇게 누추한 자리에 다 와주시고.
아니, 모자는 다시 쓰세요.

제이퀴즈

광대 양반, 결혼하는 거요?

터치스톤

소는 멍에가 있고,
말은 고삐가 있으며,
매는 방울을 달고 있지요.
사람에게는 짝을 이루려는 욕구가 있고요.
비둘기 두 마리가 서로 부리를 맞대듯이
우리도 결혼해서 얼굴 비비며 살아가야죠.

제이퀴즈

근본 없는 사람 같지는 않은데,
거지처럼 이런 풀숲에서 예식을 올리려는 거요?
여기서 이러지 말고 성당으로 가시오.
거기서 결혼의 참뜻을 알려줄
좋은 신부님을 찾아 예식을 올려요.
저 사람은 판자를 이어 붙이듯
두 사람을 대충 맺어줄 거요.
그랬다가 둘 중 한 사람이
채 마르지 않은 생 목재처럼 쪼그라들면
이음새가 온통 뒤틀리고 말 테니.

터치스톤

다른 사람을 찾아가느니

그냥 이 신부님에게 예식을 맡기고 싶군요.

결혼식을 제대로 치러줄 것 같지 않으니

오히려 잘됐지요.

나중에 마누라를 버리더라도

좋은 변명거리가 될 테니까.

제이퀴즈

잠깐 얘기 좀 합시다.

충고 좀 해야겠소.

터치스톤

어여쁜 오드리, 우리 꼭 결혼하자.

안 그러면 부도덕한 사람으로 살아가야 해.

잘 가세요, 선량한 올리버 신부님.

아니 그 말은 취소요!

(노래한다)

"오 상냥한 올리버,

오 잘생긴 올리버,

날 두고 떠나지 말아요."

아니 그게 아니지.

"가버려, 가버리시오!

당신에게 내 혼례를 맡기지 않겠소."

(오드리, 터치스톤, 제이퀴즈 퇴장한다)

올리버 마텍스트

그러거나 말거나.

저렇게 천박한 사람들이

신부인 나를 모욕한다고 달라질 건 없지.

(퇴장한다)

3막 4장

『아덴 숲』

〔로잘린드(가니메데스), 실리아(알리에나) 등장한다〕

로잘린드

아무 말도 하지 마.
눈물이 쏟아질 것 같으니까.

실리아

그냥 울어.
하지만 사내대장부의 체통을 생각해
너무 맘껏 울지는 말고.

로잘린드

이게 맘껏 울 일이 아니라는 거니?

실리아

울고 싶은 사람에겐 좋은 이유가 되겠지.
그러니까 울어.

로잘린드

그의 머리카락은

배반자 유다의 머리카락처럼 붉은색이야.

실리아

유다의 머리카락보다 좀 더 갈색이 돌지.

하지만 그의 입맞춤은

예수를 배반한 유다의 입맞춤처럼

배반의 기운이 깃들어있을 거야.

로잘린드

사실 그의 머리카락 색깔은 근사해.

실리아

멋진 색깔이지.

이제까지는 갈색 머리가 가장 멋져 보였는데.

로잘린드

그의 입맞춤은

성찬식 빵의 감촉처럼 더없이 신성했어.

실리아

달의 여신이 내다 버린 입술을

주워 오기라도 했나 보지.

얼음처럼 차가운 수녀의 입맞춤도

그보다 더 경건하진 않겠네.

그의 입맞춤에는

얼음 같은 정조가 깃들어있는 거야.

로잘린드

그나저나 오늘 아침에 온다고 약속했는데
왜 아직 안 오는 걸까?

실리아

어쩐지 사람이 진실해 보이지 않더라.

로잘린드

그렇게 보였니?

실리아

그래.
소매치기나 말 도둑 같아 보이진 않지만,
사랑을 대하는 진실성을 보자면
텅 빈 술잔이나 벌레 먹은 견과처럼
속이 비어있는 사람 같아.

로잘린드

사랑에 진실성이 없다고?

실리아

정말 사랑에 빠졌다면 진실성이 있겠지.
그런데 사랑에 빠진 사람 같지는 않아.

로잘린드

그가 사랑에 빠졌다고 자신 있게 말하는 걸
너도 들었잖아.

실리아

전에 사랑에 빠졌었는지는 몰라도
지금은 사랑에 빠진 사람 같지 않단 말이야.
게다가 사랑에 빠진 사람의 맹세란 게
술집 주인의 말보다 정확성이 떨어지잖아.
술집 주인은 바가지 씌운 계산서를 내밀면서
계산이 맞는다고 우기고,
사랑에 빠진 사람은 헛된 기대를 부추기니 말이야.
어쨌든 그 사람은 이 숲에서
큰아버지를 모시고 있다나 봐.

로잘린드

어제 변장한 이 모습으로
아버지를 만나 많은 이야기를 나눴어.
어느 집안 자제냐고 물으시기에
공작님 못지않게 훌륭한 집안 출신이라고 했지.
그랬더니 껄껄 웃으시고는 가보라고 하셨어.
그런데 아버지 얘기는 왜 꺼낸 거야?
올란도처럼 멋진 남자 얘기를 하다가.

실리아

아, 멋진 남자긴 하지.
멋지게 시를 쓰고 멋지게 말하잖아.
멋지게 맹세하고 또 그 맹세를

멋지게 깨뜨리기도 하고.
연인의 마음을 제대로 맞추지도 못한다니까.
마치 말 타고 창 시합하는 어수룩한 기사가
정면으로 말을 몰아
상대와 맞붙는 것을 피하기만 하다가
바보처럼 창을 부러뜨리듯이 말이야.
하지만 말에 올라탄 젊은이가
어리석은 짓을 하더라도 다 멋져 보이긴 하지.
(코린 등장한다)
저기 누가 오는데?

코린

아가씨, 나리.
사랑 때문에 넋두리하던 양치기 안부를
종종 물으셨잖아요.
전에 풀밭에 앉아
자기가 짝사랑하는 오만한 양치기 처녀를
추어올리던 젊은이 말이에요.

실리아(알리에나)

그 사람이 어쨌는데요?

코린

실제로 벌어지는 연극 같은 장면을 보시려거든
저와 함께 가시죠.

사랑의 열병으로 낯빛마저 파리해진 젊은이와
오만 떨고 멸시하면서 얼굴이 벌게진
처녀 사이에서 벌어지는
극적인 광경을 보시게 될 겁니다.
보고 싶으시다면 제가 모시고 가겠습니다.

로잘린드(가니메데스)

(실리아에게만 들리게) 얘, 같이 가자.
연인들 모습을 보면
나처럼 사랑에 빠진 사람이
대리 만족을 얻을 수 있잖아.
(가니메데스 목소리로 코린에게)
우리를 그곳으로 데려가 주시오.
나도 그들 연극에 끼어 중요한 역할을 해보겠소.

(모두 퇴장한다)

3막 5장

『아덴 숲』

(실비어스와 피비 등장한다)

실비어스

사랑스러운 피비, 나를 비웃지 마.
제발 그러지 마.
날 사랑하지 않는다고 말해도 좋아.
하지만 그렇게 모진 말은 하지 말아줘.
죄수들이 죽는 걸 수없이 봐서
심장이 돌덩이처럼 굳어진 사형집행인도
꿇어앉은 죄수의 목을 그냥 도끼로 내리치진 않아.
먼저 미안하다고 말한다잖아.
그런데 너는 피를 뿌리며 사는 이들보다
더 가혹한 사람이 되려는 거야?

〔로잘린드(가니메데스), 실리아(알리에나),
코린이 살며시 등장한다〕

피비

네 목을 치는 사형집행인이 되진 않을 거야.
너에게 상처 주기 싫어서 도망치는 거야.
내 눈에 널 해칠 수 있는 기운이 있다고 했지?
티끌만 들어가도 겁쟁이처럼 꼭 감기는
약하고 부드러운 내 눈이
폭군, 도살자, 살인자 취급을 당하는 게
아주 당연하다는 거잖아.
자, 진심을 담아 널 노려봐줄게.
만일 내 눈이 너를 해칠 수 있다면
지금 너는 죽을 거야.
기절한 척하거나 바닥에 풀썩 쓰러지기라도 해 봐.
그럴 수 없다면 부끄러운 줄 알고
내 눈에 그런 기운이 있다는 거짓말은 그만해.
내 눈이 너에게 입힌 상처를 어서 보여줘.
못에 긁히기만 해도 상처는 남아.
풀 위에 앉아만 있어도
손바닥에 한동안 눌린 자국이 남아있기 마련이야.
그런데 내 눈으로 너를 쏘아보았는데도

상처 하나 없다는 거야?
내 눈에는 상대를 해칠 만한 힘이 없다는 게
확실해졌네.

실비어스

소중한 피비.
언젠가, 아니 머지않은 날에
네가 풋풋한 젊은이를 만나
사랑의 마력에 사로잡히는 때가 오면,
사랑의 신이 쏜 날카로운 화살에 맞은 상처는
눈에 보이지 않는다는 걸 너도 알게 될 거야.

피비

그때까지는 내 곁에 얼씬도 하지 마.
그리고 그때가 오면
날 비웃어도 좋지만 동정하지는 마.
그때까지 나도 널 동정하지 않을 테니까.

로잘린드(가니메데스)

(앞으로 나서며) 이보시오, 대체 무슨 일이오?
부모가 누구시기에 이 딱한 사람에게
그리 모욕을 주고도 여전히 의기양양한 거요?
별로 예쁘지도 않으면서.
잠자리에 들 때도 촛불이 없으면
그 칙칙한 얼굴이 보이지도 않겠소.

그렇게 오만하고 인정사정없이 굴어야겠소?
이런, 그 행동은 무슨 뜻이오?
왜 나를 빤히 쳐다보는 거요?
내 눈에 당신은 자연이 아무나 사 가라고 만들어놓은
그저 그런 상품으로밖에 보이지 않소.
맙소사, 이 여자 눈빛이 나도 홀리려는 것 같군.
어림없소, 오만한 아가씨.
나를 홀릴 생각은 하지 마시오.
당신의 새까만 눈썹도,
비단결 같은 검은 머리카락도,
검은 구슬처럼 빛나는 눈동자도,
크림처럼 하얀 뺨도 내 마음을 훔칠 수는 없을 거요.
바보 같은 양치기 양반,
안개 자욱한 남풍이 비바람을 토해내듯
눈물과 한숨을 토하며 이 여자를 쫓아다니는 거요?
당신이 이 아가씨보다 천 배는 더 낫소.
세상에 못생긴 애들이 그리 많은 건
당신 같은 바보들 때문이오.
아가씨가 저렇게 콧대 높은 건
아가씨의 거울 탓이 아니라 당신 때문이란 말이요.
당신이 예쁘다고 추켜세우니까
거울에 비친 자기 모습보다 예쁘다고 착각하는 거요.

아가씨, 자기 자신을 알아야지.
곡기를 끊고 착한 남자의 사랑을 주신 하늘에
엎드려 감사하시오.
내 우정 어린 마음으로 충고하겠소.
기회가 있을 때 짝을 찾으시오.
당신은 시장에서 인기 있는 상품이 못 된다오.
이 남자에게 용서를 구하고
그를 사랑하고 그의 사랑을 받아들이시오.
자기도 못난 주제에
남이 못났다고 비웃는 건 가장 꼴불견이오.
양치기 양반, 이 아가씨를 받아주시오.
그럼 잘 가시오.

피비

아름다운 젊은이.
일 년 내내 꾸짖어주세요.
이 남자의 고백을 듣느니
차라리 당신의 꾸지람을 듣겠어요.

로잘린드(가니메데스)

이 남자는 당신의 못난 얼굴에 반했소.
(실비어스에게) 그리고 이 여자는
내가 화내는 모습에 반한 것 같소.
그렇다면 이 여자가 당신 말에

찡그린 얼굴로 대꾸할 때마다
내가 쓴소리를 퍼부어야겠소.
(피비에게) 왜 나를 그렇게 바라보는 거요?

피비

당신에게 나쁜 감정은 없으니까요.

로잘린드(가니메데스)

제발 나를 좋아하진 마시오.
나는 취중에 하는 맹세보다
더 거짓투성이인 사람이니까.
게다가 난 당신을 좋아하지도 않소.
내가 사는 곳이 알고 싶다면 알려드리지.
내 집은 여기서 가까운 올리브 나무숲에 있소.
누이, 가자.
양치기 양반, 그녀를 계속 설득해보시오.
양치기 아가씨, 그 젊은이 좀 좋게 봐주고
거만하게 굴지 말아요.
세상 사람 다 보는 눈이 있지만,
저 남자처럼 당신에게 홀린 사람은 없소.
자, 우리 양들이 있는 곳으로 돌아갑시다.

〔로잘린드(가니메데스), 실리아(알리에나),
코린 퇴장한다〕

* 16세기 영국 극작가 크리스토퍼 말로를 뜻한다.

피비

*(방백) 목동의 사랑을 노래한 시인*이여,*

당신이 남긴 명언이 얼마나 위대한지 이제야 알겠어요.

'첫눈에 반하지 않고 어찌 사랑이라 할 수 있으랴.'

실비어스

사랑스러운 피비.

피비

어머! 뭐라고 한 거야, 실비어스?

실비어스

사랑스러운 피비, 나를 불쌍히 여겨줘.

피비

착한 실비어스, 미안해.

실비어스

상대에게 미안함을 느끼는 사람은

그 괴로움을 덜어내고 싶을 거야.

사랑으로 아파하는 내가 안타깝다면 날 사랑해줘.

너의 안타까움과 내 아픔이 한꺼번에 끝날 거야.

피비

넌 이미 내 사랑을 받고 있어.

이렇게 우정을 나누는 사이도 좋지 않아?

실비어스

너를 내 사람으로 만들고 싶어.

피비

그건 네 욕심이야, 실비어스.
너를 미워한 적도 있었고,
지금도 널 사랑하는 건 아니야.
전에는 너와 함께 있는 게 성가시기만 했어.
하지만 너의 사랑 얘기는 꽤 근사하니
네가 곁에 있는 걸 참아주겠어.
네가 필요할 때도 있을 거야.
그러니 내가 너를 필요로 한다는 사실에 만족하고
그 이상은 기대하지 마.

실비어스

내 사랑은 무척 거룩하고 완벽한데
운명은 내게 아무 선물도 주지 않는구나.
그러니 농부가 곡식을 수확한 뒤
바닥에 남아있는 이삭을 주우며
큰 수확이라고 여기는 사람처럼 살아갈 수밖에.
이따금 내게 땅에 떨어진 이삭 같은 미소를 보여줘.
난 거기에 의지해 살아갈게.

피비

조금 전에 나랑 얘기한 젊은이를 알아?

실비어스

잘 알지는 못하는데 더러 마주친 적은 있어.
구두쇠 영감의 오두막과 목장을
그 사람이 샀다고 들었어.

피비

그 사람 얘기를 묻는다고 해서
내가 그를 좋아한다고 넘겨짚지는 마.
성미가 괴팍한 사람 같던데 말은 잘하더라.
그런데 말 잘하는 게 나랑 무슨 상관이람?
뭐, 듣는 사람을 즐겁게 해주는 말이 좋긴 하지.
꽤 멋진 젊은이 같았어.
그렇다고 아주 멋지다는 건 아니고.
너무 오만하잖아.
하긴 오만한 게 어울리긴 했지.
앞으로 멋진 남자가 될 거야.
가장 눈에 띄는 건 잘생긴 얼굴이었어.
처음에는 그의 입놀림이 아니라 얼굴을 보고
가슴이 두근거렸지만,
눈을 보고 진정이 됐어.
키가 아주 큰 편은 아니지만,
나이에 비하면 큰 편이지.
다리는 그럭저럭 보기 좋았어.
입술이 무척 빨갛더라.

빰의 붉은 기보다 더 진하고
생기 있는 빨간색이었어.
짙은 빨강과 연분홍의 차이라고 할까.
실비어스, 나처럼 그를 하나하나 뜯어보았다면
어떤 여자라도 그에게 반했을 거야.
하지만 나는 그를 좋아하지도 싫어하지도 않아.
게다가 난 그를 좋아할 이유보다
싫어할 이유가 더 많잖아.
그 사람은 무엇 때문에 나를 그리 꾸짖었을까?
그 사람이 내 눈동자와 머리카락이 검다고 했는데,
지금 생각해보니 나를 조롱한 것 같아.
왜 그때 아무 대꾸도 하지 않았는지 모르겠어.
하지만 상관없어.
아무 대꾸도 안 했다고 해서
괘씸하게 여기지 않았다는 뜻은 아니니까.
그를 조롱하는 편지를 써야겠어.
실비어스, 네가 그 편지 좀 전해줄래?

실비어스

피비, 물론이야.

피비

당장 편지를 쓸게.
내 머릿속에, 또 가슴속에 든 생각을

잔인하고 쌀쌀맞게 써 내려갈 거야.

가자, 실비어스.

(모두 퇴장한다)

4막

4막 1장

『아덴 숲』

〔로잘린드(가니메데스), 실리아(알리에나),

제이퀴즈 등장한다〕

제이퀴즈

멋진 젊은이, 우리 좀 더 친하게 지냅시다.

로잘린드(가니메데스)

듣자 하니 댁은 늘 우울한 분이라던데.

제이퀴즈

그렇소. 난 웃는 것보다 우울한 게 좋소.

로잘린드(가니메데스)

지나치게 우울하거나 지나치게 유쾌한 사람들은

미움받기 십상이라오.

사람들에게 술주정뱅이보다 더 험한 욕을 먹지요.

제이퀴즈

저런,
우울한 기분으로 아무 말도 하지 않고 있으면
얼마나 좋은데.

로잘린드(가니메데스)

그럼 차라리 말뚝이 되시든지요.

제이퀴즈

이건 시샘 많은 학자의 우울증도 아니고
변덕맞은 음악가의 우울증도 아니지.
교만한 궁정 신하의 우울증도,
야심 가득한 군인의 우울증도 아니란 말이오.
또 간교한 법률가의 우울증도,
옹졸한 귀부인의 우울증도 아니지.
이 모든 게 합쳐진 연인의 우울증도 아니오.
내 우울증은 나만의 것이오.
여러 대상에서 나온 다양한 요소들이 뒤섞였소.
즉 내 삶의 여정에서 얻은
다양한 사색의 결과란 말이오.
그 여정을 가만히 뒤돌아볼 때면
크나큰 슬픔이 나를 감싼다오.

로잘린드(가니메데스)

댁은 나그네군요!
그렇다면 충분히 슬퍼할 만하지요.

그런데 다른 사람 사는 곳을 구경하기 위해
자신이 살던 곳을 팔아치웠을까 봐 걱정이오.
그렇게 되면 눈으로는 많은 것을 볼 수 있지만,
손에 쥔 것이 없으니
눈은 부자로되, 손은 빈털터리가 되니 말이오.

제이퀴즈

맞는 말이오.
경험은 많이 쌓았소.

로잘린드(가니메데스)

그런 경험 때문에 댁이 우울한 거요.
나를 우울하게 하는 경험을 쌓느니,
또 그 경험을 쌓겠다고 나그네가 되느니,
차라리 날 즐겁게 하는 광대를 옆에 두겠소.

(올란도 등장한다)

올란도

잘 있었소, 로잘린드?

제이퀴즈

그렇게 시의 운율도 모르는 사람처럼 얘기하겠다면
난 가겠소.
잘 있으시오.

로잘린드(가니메데스)

나그네 양반, 잘 가시오.
혀짤배기소리나 하고 괴상한 옷을 걸치고 다니시오.
또 이 나라가 베푸는 모든 은혜를 헐뜯고,
이 나라 국민인 걸 진저리치고,
그 얼굴로 세상에 내보낸 신을 원망해 보시오.
그렇지 않으면 댁이 베네치아에 가서
곤돌라를 타본 적이 있는 나그네라고
믿기지 않을 테니까 말이오.
(제이퀴즈 퇴장한다)
올란도, 지금까지 어디 있다 온 거요?
이러고도 당신이 날 사랑한다고?
이렇게 또 골탕 먹이려거든
다시는 내 앞에 나타나지 마시오.

올란도

아름다운 로잘린드,
약속 시간에서 아직 한 시간도 지나지 않았소.

로잘린드(가니메데스)

사랑하는 사람이
약속을 한 시간이나 어긴단 말이오?
일 분을 천 개의 조각으로 나누어 보시오.
사랑하는 사람을 만나는데

그 천 개의 조각 가운데 한 조각만큼이라도 늦는다면
그건 진짜 사랑이 아니오.
큐피드의 화살이 그의 어깨를 스치고 지나갔을 뿐,
심장은 멀쩡하리라고 내가 장담하겠소.

올란도

용서하시오, 로잘린드.

로잘린드(가니메데스)

아니, 용서 못 하겠소.
그렇게 늦을 거면 다시는 내 눈앞에 나타나지 마시오.
차라리 달팽이의 사랑을 받아주는 편이 낫겠소.

올란도

달팽이라고요?

로잘린드(가니메데스)

그렇소.
달팽이는 느릿느릿 오긴 하지만,
부부의 재산이 될 집을 등에 짊어지고 오지 않소?
당신은 그런 예물을 주지 못할 거요.
게다가 달팽이는 제 운명까지 짊어지고 온단 말이오.

올란도

그게 무슨 말이오?

로잘린드(가니메데스)

뿔 말이요.

* 아내가 부정한 짓을 하면 남편 이마에 뿔이 돋는다는 속설이 있음.

사내들이 부정한 아내를 둔 덕분에 얻는 것 말이오.*
달팽이는 자신의 운명인 뿔을 미리 짊어지고 오니,
아내가 얻게 될 불명예도 막아주는 셈이라오.

올란도

절개 있는 여인은
남편 이마에 뿔 돋을 일은 하지 않소.
우리 로잘린드는 절개 있는 여인이오.

로잘린드(가니메데스)

내가 당신의 로잘린드라오.

실리아(알리에나)

저 사람은 오빠를 그렇게 부르면서 좋아하지만,
그에게는 오빠보다 미모가 빼어난
진짜 로잘린드가 있잖아.

로잘린드(가니메데스)

(올란도에게)
자, 사랑을 고백해 보시오. 어서.
지금 내 기분이 들떠 있어서
쉽게 받아줄지도 모른다오.
내가 진짜 로잘린드라면
지금 무슨 말을 해주고 싶소?

올란도

말하기에 앞서 입을 맞추겠소.

로잘린드(가니메데스)

아니, 말을 먼저 하는 게 나을 것 같소.
할 얘기가 떨어져 어색할 때
입 맞출 기회를 엿보는 거요.
아주 뛰어난 웅변가도 할 말이 떨어져 입이 마르면
침을 뱉는다지요.
연인들도 (신이시여, 우리를 보호하소서!)
말문이 막혀 입이 마르면 입을 맞추는 게
가장 현명한 행동일 거요.

올란도

키스를 거절당하면 어떡하오?

로잘린드(가니메데스)

그러면 당신이 애원해야 할 테니
거기서 새로운 이야깃거리가 생길 거요.

올란도

그런데 사랑하는 여인 앞에서
말문이 막히는 남자가 있을까 싶소?

로잘린드(가니메데스)

물론이라오.
내가 당신 연인이라면 당신도 그럴 거요.
만일 당신에게 할 말이 끊이지 않는다면
내가 절개만 있고 재치는 떨어지는 사람일 것이오.

올란도

그러니까 내가 멀쩡하게 사랑 고백을 하다가
할 말을 잃는단 말이오?

로잘린드(가니메데스)

멀쩡해도 할 말을 잃을 수 있다오.
내가 당신의 로잘린드 맞소?

올란도

당신을 나의 로잘린드라고
부를 수 있어 다행이오.
그녀 이야기를 할 수 있으니 말이오.

로잘린드(가니메데스)

그럼 로잘린드를 대신해
당신을 거절한다고 말하겠소.

올란도

그럼 당사자인 나 올란도는
목숨을 끊을 거요.

로잘린드(가니메데스)

안 된다오.
당신 대신 다른 사람이 죽게 하시오.
이 조악한 세상이 생긴 지도 육천 년이 다 됐지만,
이제껏 사랑 때문에 당사자가 목숨을 끊은 경우는
한 번도 없었소.

먼 옛날 트로이에서
프리아모스 왕의 아들 트로일로스는
연인 크레시다에게 배반당한 뒤
스스로 목숨을 끊으려다 실패했고,
나중에 아킬레스의 곤봉에 머리를 맞고 죽었다지요.
그의 사랑은 후세 사람들에게 귀감이 됐소.
세스토스의 헤로라는 처녀에게는
레안드로스라는 연인이 있었지요.
헤로가 신전의 무녀여서
둘이 남몰래 사랑을 나눠야 했지만,
무더운 한여름 밤에 바다에 들어가는 일만 없었다면
레안드로스는 한참을 더 살았을 거요.
그 젊은이는 헬레스폰투스 해협에
멱을 감으러 들어갔다가
다리에 쥐가 나서 바다에 빠져 죽었소.
당시 바보 같은 역사 기록자들은
헤로 때문에 레안드로스가 죽었다고 판단했지만,
그건 다 거짓이라오.
사람은 언젠가 죽기 마련이고
벌레들의 밥이 되기도 하지만,
사랑 때문에 스스로 목숨을 끊은 이는 없소이다.

올란도

진짜 로잘린드는
그렇게 생각하지 않았으면 좋겠소.
난 그녀가 얼굴만 찌푸려도
죽을 것 같으니까 말이오.

로잘린드(가니메데스)

이 손을 걸고 맹세하겠소.
그녀가 얼굴을 찌푸리더라도
파리 한 마리 죽지 않을 거요.
자, 이제부터는 좀 더 고분고분한
로잘린드가 되어 드리겠소.
당신이 원하는 걸 말해 보시오.
다 들어줄 테니.

올란도

그럼 나를 사랑해주시오, 로잘린드.

로잘린드(가니메데스)

당신을 사랑하오.
일 년 열두 달 하루도 쉬지 않고.

올란도

나를 받아주겠소?

로잘린드(가니메데스)

물론이오.
당신 같은 사람은 스무 명이 와도 환영이라오.

올란도

그게 무슨 말이오?

로잘린드(가니메데스)

당신은 좋은 사람 아니오?

올란도

물론 좋은 사람이 되고 싶소.

로잘린드(가니메데스)

그럼 좋은 걸 많이 바라면 안 되는 거요?

누이, 네가 사제가 되어 우리 혼례를 올려다오.

올란도, 이리 와서 내 손을 잡아요.

누이, 해줄 거지?

올란도

(알리에나에게) 부탁이니 혼례를 올려주시오.

실리아(알리에나)

어떻게 해야 하는지 모르겠어.

로잘린드(가니메데스)

이렇게 시작하는 거야.

'올란도, 그대는….'

실리아(알리에나)

알았어.

올란도, 그대는 로잘린드를

아내로 맞이하겠습니까?

올란도

그러겠소.

로잘린드(가니메데스)

그런데 언제 그렇게 하겠다는 거요?

올란도

당장이라도.

당신 누이가 우리 혼례를 올려주는 즉시.

로잘린드(가니메데스)

그럼 이렇게 말해야 하오.

'나는 로잘린드 그대를 아내로 맞이합니다.'

올란도

나는 로잘린드 그대를 아내로 맞이합니다.

로잘린드(가니메데스)

당신이 그럴 만한 사람인지

따져볼 수도 있지만 그러지 않겠소.

나는 올란도 당신을 남편으로 맞이하겠습니다.

이런, 주례가 묻기도 전에

신부가 먼저 대답해 버렸네.

확실히 여자의 생각은 행동보다 앞서가는군요.

올란도

생각이란 게 다 그렇지요.

그것들은 날개가 달렸으니 말이오.

로잘린드(가니메데스)

자, 말해 보시오.
로잘린드를 아내로 맞은 뒤
얼마나 오랫동안 같이 살 생각이오?

올란도

영원히 그리고 하루 더.

로잘린드(가니메데스)

그러면 안 된다오.
'영원히'는 빼고 '하루'라고만 하시오.
남자들은 구애할 때는 봄바람 살랑이는 4월이지만,
결혼하고 나면 눈발 휘날리는 12월이라오.
여자들은 처녀 적에는 푸릇푸릇한 5월이지만,
마누라가 되고 나면 하늘색도 바뀌게 한다지요.
나는 바르바리 지역의 질투심 강한 수비둘기보다
더 맹렬히 질투할 거요.
또 비 오기 직전 소란스럽게 울어대는 앵무새보다
더 시끄럽게 떠들 거라오.
새로운 거라면 사족을 못 쓰고,
원하는 게 있으면 참지 못하는 원숭이보다
더 새것을 밝히고 더 충동적으로 행동할 거요.
분수대에 서 있는 디아나 여신처럼
이유 없이 울기도 할 거요.

당신이 행복해지려 할 때 구슬피 울겠소.
당신이 잠들려고 할 때는
하이에나처럼 깔깔 웃을 거요.

올란도

나의 로잘린드가 정말 그런 짓을 하겠소?

로잘린드(가니메데스)

맹세코 그녀도 나와 똑같을 겁니다.

올란도

그녀는 현명한 여인이오.

로잘린드(가니메데스)

현명한 여인이 아니라면
그런 짓을 할 재치가 없지 않겠소?
똑똑한 여자일수록 제멋대로인 법이라오.
여자의 재치를 방에 가두고 문을 닫아보시오.
그러면 재치가 여닫이창으로 빠져나올 테니.
여닫이창을 닫으면
열쇠 구멍으로 빠져나올 거요.
열쇠 구멍마저 막아버리면
연기와 함께 굴뚝으로 솟아 나오지요.

올란도

그렇게 재치 있는 아내를 둔 남자는
이렇게 따져 물어야겠소.

'재치야, 어딜 그렇게 가려는 게냐?'

로잘린드(가니메데스)

아니라오.

그 말은 꾹 참고 있다가,

이웃 남자의 침실로 가는

아내의 재치를 꾸짖을 때나 하시오.

올란도

그럴 때 아내가 어떤 재치를 발휘해

변명할 수 있단 말이오?

로잘린드(가니메데스)

당신을 찾으러 그 집에 왔다고 말하는 거요.

혀가 없는 여자라면 몰라도,

그게 아니라면 현장에서 잡히더라도

한마디도 지지 않고 대꾸할 거라오.

아, 자기 잘못을 남편에게 떠넘기지 못하는 여자는

자식을 못 키우게 해야 하오.

자식을 바보로 만들 테니 말이오.

올란도

로잘린드,

볼 일이 있어 두어 시간 다녀와야겠소.

로잘린드(가니메데스)

소중한 사람 없이 두 시간이나 있으라는 말이오?

올란도

공작님 만찬에 참석해야 한다오.

두 시간 안에 돌아오겠소.

로잘린드(가니메데스)

그럼, 가시오.

당신 뜻대로 하시오.

내 이럴 줄 알았소.

친구들도 이런 날이 올 거라고 얘기했고,

나도 이런 일을 예상했다오.

당신의 달콤한 말에 내가 넘어가고 말았군.

남자에게 버림받은 불행한 여자가

하나 더 늘었을 뿐이오.

그러니 죽음인들 두려울까!

두 시간 안에 오겠다고 했소?

올란도

그렇소, 소중한 로잘린드.

로잘린드(가니메데스)

신을 모독하지 않는 모든 서약을 걸고

진심으로 맹세하겠소.

당신이 약속을 조금이라도 어기거나,

약속 시간에서 일 분이라도 늦는다면

당신은 가장 측은한 약속 파괴자,

가장 성의 없는 연인이 될 거요.
당신이 로잘린드라고 부르는 여인에게
불성실하고 하찮은 사람이 되는 거라오.
그러니 내 당부를 잊지 말고 꼭 약속을 지키시오.

올란도

당신을 진짜 로잘린드라고 여기고
아주 성실히 약속을 지키겠소.
그럼 다녀오겠소.

로잘린드(가니메데스)

예부터 시간은 그런 위반자를 가려내는 재판관이니,
시간의 판결에 맡겨보겠소.
잘 다녀오시오.

(올란도 퇴장한다)

실리아

언니는 사랑을 재잘거리며
우리 여자들을 완전히 모욕했어.
언니의 조끼와 바지를 홀라당 벗기고,
제 둥지를 망가뜨린 새처럼
언니가 한 짓을 세상에 알려야겠어.

로잘린드

실리아, 내 귀여운 사촌 동생.
내가 그를 얼마나 깊이 사랑하는지 너도 알잖아.
그 깊이를 잴 수 없을 정도야.
내 사랑은 포르투갈 해안의 아주 깊은 바다처럼
그 바닥을 알 수 없단다.

실리아

그게 아니라 밑 빠진 독 같아.
언니가 사랑을 쏟아붓기 무섭게
새어나가고 있을 거야.

로잘린드

아니, 베누스의 못된 사생아에게
내 사랑이 얼마나 깊은지 가늠해달라고 해봐.
생각을 아비로 두고 변덕으로 잉태되어
광기에서 태어난 큐피드 녀석 말이야.
제 눈이 멀었다고 모든 사람의 눈을 멀게 하는
교활한 녀석에게 물어봐.
실리아, 난 올란도를 보지 않고는
잠시도 견딜 수가 없어.
그늘진 곳에 앉아 그가 오기를 기다리며
한숨짓고 있을 거야.

실리아

그럼 난 잠이나 자야겠다.

(모두 퇴장한다)

4막 2장

『아덴 숲』

(제이퀴즈, 숲지기 차림의 귀족들 등장한다)

제이퀴즈

그 사슴은 누가 잡았습니까?

귀족 5

바로 접니다.

제이퀴즈

(다른 귀족들에게)

이 사람을 로마의 정복자처럼 앞세우고 공작께 갑시다.

승리의 월계관 대신

사슴뿔을 그의 머리에 올려놓으면 잘 어울리겠소.

숲지기 양반, 이럴 때 부를 만한 노래 없소?

귀족 6

있습니다.

제이퀴즈

그럼 불러보시오.

가락이야 아무래도 좋으니 우렁차게만 부르시오.

귀족 6

(노래한다)

"사슴을 잡은 이는 무엇을 얻을까?
몸에 걸칠 가죽과 뿔을 얻는다네.
그러니 노래하며 배웅하세.
(다 함께 후렴구를 부른다)
머리에 뿔 달았다고 부끄러워하지 말지어다.
그대 태어나기 전부터 지녔던 문장이라네.
그대 아비의 아비도 그 뿔을 지녔었지.
그대 아비에게도 그 뿔이 있었지.
뿔, 뿔, 이 강력한 뿔은
비웃음 조롱거리가 아니라네."

(모두 퇴장한다)

4막 3장

『아덴 숲』

〔로잘린드(가니메데스), 실리아(알리에나) 등장한다〕

로잘린드

어떡하면 좋아?

두 시간이 벌써 지났잖아.

그런데 올란도는 그림자도 보이지 않아.

실리아

순수한 사랑으로 괴로워하다가

어딘가에 쓰러져 잠이 든 게 분명해.

(실비어스 등장한다)

저기 누가 오고 있어.

실비어스

(가니메데스에게)

젊은 나리에게 전할 것이 있어서 왔습니다.

나의 소중한 피비가 이걸 전해 달라고 했습니다.
(가니메데스에게 편지를 건넨다)
내용은 잘 모르겠지만,
피비가 그 편지를 쓰면서 미간을 찌푸리고
발끈한 것으로 보아 잔뜩 성질부리는 내용일 겁니다.
저는 죄 없는 심부름꾼일 뿐이니 원망하지 마십시오.

로잘린드(가니메데스)

(편지를 다 읽고)
인내심이라면 첫째가는 사람도
이 편지를 보면 화가 치밀 거요.
이걸 참는다면 세상에 못 참을 일이 없겠지.
이 아가씨가 쓴 말이
내가 못생긴 데다 예의도 없답니다.
나더러 오만하기 짝이 없다면서,
세상 남자가 불사조만큼 드물다고 해도
나 같은 남자를 사랑하는 일은 없을 거랍니다.
기가 막혀서!
난 이 아가씨에게 관심도 없소.
왜 내게 이런 편지를 썼을까?
양치기 양반, 당신이 꾸민 짓 아니오?

실비어스

절대 아닙니다.

저는 내용도 모릅니다.

피비가 썼어요.

로잘린드(가니메데스)

이보시오, 바보 양반.

사랑 때문에 갈 데까지 갔구려.

그 여자 손을 본 적이 있는데

마치 가죽 같았소.

돌처럼 울퉁불퉁하고, 칙칙하더이다.

나는 그녀가 낡은 장갑을 끼고 있는 줄 알았소.

하지만 그건 맨손이었고,

살림하는 아낙의 손이었소.

뭐, 그건 별로 중요하지 않지.

내가 하고 싶은 말은

그 여자가 이 편지를 썼을 리가 없다는 거요.

글솜씨나 글씨체를 보면 남자가 쓴 게 분명하오.

실비어스

분명 피비가 썼습니다.

로잘린드(가니메데스)

이렇게 거칠고 잔인한 문체라니,

싸움을 거는 도전적인 문체요.

투르크의 이슬람교도가

기독교도에게 싸움을 걸듯이 내게 도전하고 있소.

여인의 온화한 생각에서
이토록 무례한 말들이 나왔을 리 없지.
흰 종이 위의 까만 글씨가
어찌나 가슴을 후벼 파는지 모르겠네.
내용을 들어 보시겠소?

실비어스

정 그러시다면 들려주십시오.
무슨 내용인지 모르겠지만,
피비의 잔인한 말들은 이미 넘치도록 들었습니다.

로잘린드(가니메데스)

그 여자는 내게도 똑같은 짓을 했소.
그 폭군이 쓴 내용을 들어 보시오.
(편지를 읽는다)
"여자의 마음을 애타게 하는 그대는
양치기의 몸으로 나타난 신인가요?"
 어찌 여자가 이런 악담을 할 수 있소?

실비어스

그게 악담입니까?

로잘린드(가니메데스)

(편지를 읽는다)
"어찌하여 지고한 신성을 버려두고,
여자의 마음을 어지럽힙니까?"

이런 악담을 들어 본 적 있으시오?
“남자의 눈빛이 제게 사랑을 구할 때,
저는 그 눈빛에 다치지 않았어요.”
나를 짐승 취급하고 있군.
“그대의 빛나는 두 눈에 가득 찬 조소가
제 마음에 사랑을 불러일으킬 힘이 있을진대,
그대 두 눈이 저를 다정하게 바라보면
아, 제 마음에 어떤 야릇한 일이 일어날까요?
그대가 저를 꾸짖을 때도 그대가 좋았어요.
그대가 사랑을 속삭여준다면 저는 어떤 기분일까요?
그대에게 이 연애편지를 전해준 사람은
제 사랑을 모른답니다.
그대의 마음을 담은 편지를 봉해
그 사람 편에 보내주세요.
젊고 활력 있는 그대가 제가 드린 진실한 마음과
제가 드릴 수 있는 모든 걸 받아주실지 답해주세요.
그를 통해 저의 사랑을 거부하는 답을 보낸다면
저는 죽을 길을 찾아봐야겠지요.”

실비어스

이걸 악담이라고 할 수 있습니까?

실리아(알리에나)

어머나, 가여운 양치기!

로잘린드(가니메데스)

이 자를 동정하니?

이런 사람은 동정받을 자격도 없어.

(실비어스에게) 당신은 이런 여자를 사랑하는 거요?

당신을 도구로 이용해 거짓으로 피리를 불고 있는데?

더는 참을 수가 없소.

당신은 사랑에 홀려 독기 빠진 뱀이 됐으니

그 여자에게 돌아가시오.

가서 이렇게 전하시오.

나를 사랑하려거든

실비어스 당신을 사랑할 것을 명한다고.

그 여자가 내 명을 따르기 싫다고 하면

다시는 그 여자를 보지 않을 거요.

당신이 그 여자를 대신해 간청하면

내 마음이 약해질지도 모르지만….

그 여자를 진심으로 사랑한다면

잔말 말고 돌아가시오.

저기 누가 오고 있군.

(실비어스 퇴장하고, 올리버 등장한다)

올리버

멋진 젊은이들, 안녕하시오?
이 숲 외곽에
올리브 나무가 울타리처럼 둘러싸고 있는
양의 우리와 오두막이 있다던데,
어디 있는지 알려주시겠소?

실리아(알리에나)

여기서 서쪽으로 가서
가까이 있는 계곡 아래로 내려가세요.
거기서 물이 졸졸 흐르는 시냇가에 늘어선
버드나무를 따라가다 보면
오른편에 그 집이 보일 겁니다.
하지만 이 시각에는 집이 텅 비었을 텐데요.
안에 아무도 없을 거예요.

올리버

귀로 들어 아는 게 있으면
눈에 더 많은 게 보인다고 하더니,
미리 얘기를 듣고 와서 그런지
당신들이 누군지 짐작할 수 있을 것 같소.
차림새와 나이대가 내가 들은 그대로군요.
'젊은이는 여자처럼 예쁘장하게 생겼고
의젓한 언니처럼 행동하며,
아가씨는 키가 작고 피부가 까무잡잡한 편'이라고요.

당신들이 내가 찾는 오두막의 주인이 아니신지?

실리아(알리에나)

자랑할 일은 아니지만 물으시니 대답하죠.
우리가 주인 맞습니다.

올리버

올란도가 두 분에게 안부를 전하면서,
자신이 로잘린드라고 부르는 젊은이에게
이 피 묻은 손수건을 전해달라고 했습니다.
당신이 로잘린드요?
(피 묻은 손수건을 보여준다)

로잘린드(가니메데스)

그렇소.
대체 무슨 일이오?

올리버

나로서는 부끄러운 일이지만,
내가 누구인지 그리고 어떻게 어디에서 왜
이 손수건에 피가 묻었는지 설명하겠소.

실리아(알리에나)

어서 말씀하세요.

올리버

지난번에 올란도가 당신들과 헤어질 때
한두 시간 안에 돌아오겠다고 약속하고 떠났다지요.

그 애는 사랑의 달콤함과 씁쓸함을
찬찬히 생각하며 숲길을 걷고 있었다오.
그러다 큰일이 닥쳤지요.
그 애가 옆을 돌아보았을 때
어떤 광경을 본 줄 아시오?
거기에 늙은 참나무가 한 그루 서 있었는데,
오랜 세월이 흐르면서 가지는 이끼로 뒤덮이고,
가지 꼭대기는 메말라 이파리 하나 없는 나무였다오.
그 나무 아래
더벅머리에 누더기를 걸친 허름한 남자가
바닥에 누워 자고 있었지요.
그런데 초록빛과 금빛이 도는 뱀 한 마리가
그 남자의 목덜미를 감고 있었소.
위협적인 뱀의 머리가
그 남자의 벌어진 입 쪽으로 날쌔게 움직였다오.
그때 뱀이 올란도를 보고는 똬리를 풀고
갈지자를 그리며 덤불 속으로 사라졌지요.
그 덤불 그늘에는 젖이 말라붙은 암사자가
머리를 땅에 대고 웅크린 자세로
잠든 남자를 고양이처럼 노려보고 있었소.
그가 움직이길 기다린 거지요.
죽은 짐승은 먹지 않는 게

동물의 왕인 사자의 습성이니까 말이오.
이 광경을 본 올란도는 그 남자에게 다가갔고,
그가 자기 큰형이라는 사실을 깨달았다오.

실리아(알리에나)

아, 그 사람에게
큰형님 얘기를 들은 적이 있어요.
누구보다 몰인정한 사람이라고 했지요.

올리버

그런 소리를 들어도 싸지요.
그가 몰인정한 인간이라는 건
나도 잘 알고 있소.

로잘린드(가니메데스)

그런데 그 사람은
형님을 거기에 내버려 뒀소?
젖먹이 새끼가 있는
굶주린 암사자의 밥이 되라고?

올리버

올란도는 그럴 생각으로
두 번이나 등을 돌렸답니다.
하지만 복수심보다 더 고결한 따뜻한 마음씨와
형에 대한 인정스러운 마음 때문에 사자와 싸웠지요.
그리고 사자를 순식간에 쓰러뜨렸소.

그렇게 싸우는 틈에
한심한 이 몸이 잠에서 깨어났다오.

실리아(알리에나)

당신이 그 사람 형님이라고요?

로잘린드(가니메데스)

그 사람이 구해준 게 당신이오?

실리아(알리에나)

툭하면 그를 죽이려고 흉계를 꾸민 사람이
당신이었다고요?

올리버

바로 나였소.
하지만 지금의 나는 다른 사람이 됐소이다.
과거에 내가 어떤 사람이었는지
얘기하는 건 부끄럽지 않소.
잘못을 뉘우치고 새로운 사람이 되었기에
지금 내가 사는 모습이 무척이나 만족스럽다오.

로잘린드(가니메데스)

그런데 이 피 묻은 손수건은 어찌 된 것이오?

올리버

지금부터 차근차근 얘기하겠소.
내가 그 외딴곳으로 가게 된 사정을 얘기하는데
우리 사이에는 처음부터 끝까지

애틋한 눈물이 멈추지 않았지요.
여차저차해서 올란도는 나를
인자하신 전임 공작께 데려갔소.
공작께서는 나를 환대해주시며
깨끗한 옷까지 내주셨고,
동생에게 나를 잘 보살피라고 당부하셨지요.
동생은 자기가 머무는 동굴로 나를 데려갔소.
거기서 옷을 벗은 동생을 보니
팔에서 피가 흐르고 있었다오.
암사자가 팔을 물어뜯어서
살점이 떨어져 나간 거요.
내내 피를 흘리고 있었던 동생은 바로 기절했지요.
쓰러지면서 로잘린드라는 이름을 부르더군요.
아무튼 나는 동생이 정신 차리도록 깨우고
상처를 싸매주었소.
이내 기운을 되찾은 동생은
당신 얼굴도 모르는 나를 여기로 보내면서
이런 사정을 전해달라고 하더이다.
약속 어긴 것을 용서해 달라는 말도 덧붙였소.
그리고 동생이 로잘린드라고 부르는 젊은 양치기에게
자신의 피로 물든 이 손수건을 전해달라고 했소.
(로잘린드 쓰러진다)

실리아(알리에나)

어머, 가니메데스 오빠!

가니메데스 오빠!

올리버

피를 보면 정신을 잃는 사람이 더러 있지요.

실리아(알리에나)

다른 이유가 있어요.

가니메데스 오빠!

올리버

어, 정신이 드나 봅니다.

로잘린드(가니메데스)

집에 가야겠군.

실리아(알리에나)

우리가 데려다줄게.

저기, 팔을 부축해주시겠어요?

올리버

(가니메데스를 부축하며)

젊은이, 기운 차리시오.

사내가 맞소?

이리 담력이 약해서야.

로잘린드(가니메데스)

솔직히 내가 담력이 약하긴 합니다.

이보시오, 누가 봤다면
내가 연기를 썩 잘했다고 생각할 거요.
내 연기가 얼마나 진짜 같았는지
당신 동생에게 얘기해주시오. 휴!

올리버

연기 같지 않던데.
당신 낯빛을 보면 진짜 놀란 사람 같았소.

로잘린드(가니메데스)

분명히 말하지만 연기였다오.

올리버

그렇다면 좀 더 분발해서
씩씩한 남자를 연기해보시오.

로잘린드(가니메데스)

지금 그러고 있지 않소?
사실 나는 여자로 태어났어야 했다오.

실리아(알리에나)

어머, 얼굴이 점점 더 창백해지고 있어.
어서 집에 가자.
당신도 함께 가시죠.

올리버

그럽시다.
로잘린드, 당신에게

동생을 용서한다는 편지를 받아서
돌아가야 하오만….

로잘린드(가니메데스)
생각하고 답을 드리겠소.
어쨌든 내가 연기를 얼마나 잘했는지
동생에게 말해주셔야 하오.
그럼 가시겠소?

(모두 퇴장한다)

5막

5막 1장

『아덴 숲』

(터치스톤, 오드리 등장한다)

터치스톤

기회는 또 있을 테니 조금만 참아,
착한 오드리.

오드리

사실 그 영감이 뭐라고 하지만 않았어도
신부님이 문제없이 식을 올려줬을 거예요.

터치스톤

오드리, 올리버 마텍스트 신부는
아주 못된 사람이야.
비열한 사람이지.
참, 이 숲에 오드리를 욕심내는
젊은 녀석이 하나 있다던데.

오드리

아, 누군지 아는데

나하고는 아무 사이도 아니에요.

(윌리엄 등장한다)

마침 그 사람이 저기 오네요.

터치스톤

바보 같은 시골뜨기를 만나면 참 재미있다니까.

사실 우리처럼 재치 있는 사람들은

뒷감당할 일이 많은데,

장난치고 싶어서 참을 수가 없군.

윌리엄

안녕, 오드리.

오드리

안녕, 윌리엄.

윌리엄

나리도 안녕하세요?

터치스톤

반갑네, 점잖은 친구.

아니, 모자는 써.

어서 쓰라니까.

자네는 나이가 어떻게 되나?

윌리엄

스물하고도 다섯입니다.

터치스톤

한창 무르익을 나이군.
이름이 윌리엄인가?

윌리엄

그렇습니다.

터치스톤

좋은 이름이군.
이 숲에서 태어났나?

윌리엄

네. 하느님께 감사한 일이죠.

터치스톤

'하느님께 감사한 일'이라.
좋은 대답이군.
재산은 넉넉한가?

윌리엄

사실 그저 그렇습니다.

터치스톤

'그저 그렇다'니 좋아.
아주 좋아. 최고야.
아무튼 넉넉하지는 않고
그저 그렇다는 거군.

자넨 똑똑한 편인가?

윌리엄

꽤 똑똑한 편이죠.

터치스톤

대답 잘했네.

그러고 보니 옛말이 하나 떠오르는군.

'바보는 자기가 똑똑한 줄 알지만,

똑똑한 사람은 자기가 바보인 줄 안다.'

어떤 이교도 철학자는 포도가 먹고 싶을 때면

포도를 입에 넣으려는 순간 입만 벌렸다는군.

이게 무슨 뜻이냐면 포도는 먹으라고 있고,

입은 벌리라고 있는 거란 말이지.

이 아가씨를 사랑하나?

윌리엄

그렇습니다.

터치스톤

자네 손을 이리 줘 봐.

공부는 좀 했고?

윌리엄

아니요.

터치스톤

그럼 나한테 좀 배워야겠군.

무엇을 갖는다는 건
그걸 내 것이 되게 하는 거야.
수사학에서 쓰는 비유를 들려주겠네.
병에 든 술을 잔에 부으면 잔은 채워지지만,
병은 비어버리지.
혼인신고 하러 가면 그걸 기록하는 서기들은
'당사자'가 '그'라는 데 모두 동의하지?
하지만 자네는 '당사자'가 아니야.
내가 바로 '그'이기 때문이지.

윌리엄

'그'가 어떤 사람을 말하는 건가요?

터치스톤

이 여인과 결혼할 사람 말이야.
그러니 너 같은 촌뜨기는
이 여인과 교제하는 걸 단념해야 해.
속된 말로 하면 이 여자와 사귀는 건
꿈도 꾸지 말란 말이야.
그렇지 않으면 비명횡사하는 수가 있어.
쉽게 말해 네가 죽을 수 있다는 거야.
내가 너를 죽이겠다고.
네 목숨을 끊어놓겠단 말이야.
네 목숨을 죽음으로 바꾸고,

네 자유를 속박으로 바꾸어놓을 거야.
너를 독살할 수도 있고,
곤장을 칠 수도 있고,
칼로 찔러 죽일 수도 있어.
반대 당파와 싸우듯이 치열하게 싸울 거야.
잔꾀를 부려서 너를 파멸시킬 수도 있어.
너를 죽일 방법이 백오십 가지도 넘어.
그러니 덜덜 떨면서 어서 도망쳐.

오드리

윌리엄, 어서 가!

윌리엄

나리, 그럼 저는 가보겠습니다.
(퇴장한다)

(코린 등장한다)

코린

나리와 아가씨가 찾으십니다.
어서 가시죠.

터치스톤

서둘러, 오드리!
서두르라고.

이 터치스톤 나가신다.

(모두 퇴장한다)

5막 2장

『아덴 숲』

(팔에 붕대를 맨 올란도, 올리버 등장한다)

올란도

그렇게 잠깐 보고 좋아하는 게 말이 돼요?
만나자마자 사랑에 빠졌다고요?
사랑에 빠지자마자 고백했고,
고백하니 그녀가 대뜸 받아들였다고요?
무슨 일이 있어도
그녀와 결혼하시겠다는 거예요?

올리버

너무 성급한 결정이라고 몰아붙이지 말아 줘.
그녀가 가난하다고
만난 지 얼마 안 됐다고
갑작스럽게 구혼했는데 덜컥 승낙했다고,

흠잡지도 말고.
우리와 한목소리를 내주면 좋겠어.
나는 알리에나를 사랑하고
알리에나도 나를 사랑해.
우리가 서로 아껴주며 살 수 있도록
우리 뜻을 받아들여 줘.
그건 너한테도 좋은 일이야.
아버지의 집과 모든 재산을 너에게 줄게.
나는 여기서 평생 양치기로 살다가 죽을 거야.

〔로잘린드(가니메데스) 등장한다〕

올란도

알았어요.
내일 혼례를 올리세요.
공작님과 그분을 따르는 사람들을
모두 초대할게요.
가셔서 알리에나와 준비 잘하세요.
저기 로잘린드가 오는군요.

로잘린드(가니메데스)

(올리버에게) 안녕하세요, 형님.

올리버

예쁘장한 동생, 어서 오시게.

(퇴장한다)

로잘린드(가니메데스)

아, 소중한 올란도.

가슴에 붕대를 동여맨 모습을 보니

내 가슴이 무너지는 것 같소.

올란도

팔을 다쳐 붕대를 두른 거요.

로잘린드(가니메데스)

사자 발톱에 당신 심장을 다친 줄 알았소.

올란도

심장을 다치긴 했다오.

하지만 사자 발톱이 아니라

한 여인의 눈길이 닿아서 그렇소.

로잘린드(가니메데스)

당신 형님이 내 얘기를 하셨소?

당신 손수건을 보고

내가 기절하는 연기를 얼마나 잘했는지 말이요.

올란도

들었소.

그리고 그보다 더 놀라운 얘기도 들었다오.

로잘린드(가니메데스)

아, 무슨 얘길 하는지 안다오.
다 사실이오.
그렇게 갑작스러운 일은 처음 봤소.
멀쩡히 있던 숫양 두 마리가 별안간 싸움하거나,
카이사르가 '왔노라, 보았노라, 이겼노라.'라고 외치며
갑작스레 승전보를 전했을 때 딱 이랬을 것 같소.
당신 형님과 내 누이는
만나자마자 눈에서 불꽃이 튀었고,
그렇게 불꽃이 튀자마자 사랑에 빠졌지요.
또 사랑에 빠지자마자 한숨지었고,
한숨짓자마자 서로 그 이유를 물었소.
그 이유를 깨닫자마자 해결책을 찾으려 애썼지요.
그렇게 계단을 하나하나 오르더니
결혼에 이르는 계단을 만들고
단박에 그 계단을 뛰어오르려고 합디다.
그렇게 하지 않으면 결혼도 하기 전에
정숙하지 못한 방법으로
그 계단을 오르려고 할 거요.
두 사람은 사랑의 열정에 사로잡혀
떨어지지 않으려 한다오.
곤장을 쳐도 절대 떨어지지 않을 거요.

올란도

두 사람은 내일 결혼할 거요.
공작님을 예식에 초대할 생각이라오.
하지만 내가 아닌 다른 사람의 눈으로
행복을 보면 내 마음이 얼마나 쓰라릴지.
내일 형님이 소원을 이루고
행복에 겨워하는 모습을 보면
내 처지가 더욱 비참하게 느껴질 거요.

로잘린드(가니메데스)

그럼 내일 내가
당신의 로잘린드가 되어 주는 것으로는
충분치 않다는 거요?

올란도

상상만 하며 사는 건 더 이상 못하겠소.

로잘린드(가니메데스)

그럼 쓸데없는 얘기로 더 이상
당신을 힘들게 하지 않겠소.
그런데 지금부터 아주 중요한 얘기를 할 거요.
우선 내가 당신을 교양 있는 신사로 여긴다는 걸
알아주면 좋겠소.
이건 내 안목을 좋게 봐주었으면 해서
하는 얘기가 아니라오.
당신이 그런 사람인 줄 알기에 하는 얘기요.

나를 좀 믿어달라는 거지
더 좋게 평가해달라고 이러는 것도 아니오.
당신을 도우려는 거지
내 명예를 세우려는 것도 아니라오.
그러니 아무쪼록 나를 믿어주시오.
나는 놀라운 일을 할 수 있는 능력이 있소이다.
세 살 때부터 한 마법사와 가까이 지냈다오.
그는 마법에 조예가 깊고,
저주받아 마땅한 마법은 쓰지 않았소.
당신 태도에 여실히 드러나는 것처럼
로잘린드를 그토록 깊이 사랑한다면,
당신 형님이 알리에나와 결혼할 때
당신도 로잘린드와 결혼할 수 있을 거요.
그녀가 얼마나 얄궂은 운명에 처해 있는지
알고 있다오.
마법 쓰는 걸 꺼리지만 않는다면
내일 그녀를 당신 눈앞에 데려다 놓는 게
불가능한 일도 아닐 거요.
살아있는 로잘린드를
어떤 위험도 없이 온전하게 데려다 놓겠소.

올란도

그 말이 진심이오?

로잘린드(가니메데스)

내 목숨을 걸고 맹세하오.

마법사라고 밝히긴 했지만

나도 목숨이 소중한 줄은 아는 사람이라오.

그러니 내일 제일 멋진 옷을 차려입고,

친구들도 초대하시오.

내일 결혼하게 해달라고 간절히 바라면

소망이 이루어질 테니 말이오.

로잘린드와 결혼하고 싶다고 빌면 정말 그리될 거요.

(실비어스, 피비 등장한다)

저기 보시오.

나를 좋아하는 여자와

그 여자를 좋아하는 남자가 오는군.

피비

(가니메데스에게) 이봐요.

당신에게 쓴 편지를

다른 사람에게 보여주다니

아주 무례하군요.

로잘린드(가니메데스)

무례하다고 해도 난 상관없소.

일부러 심술궂고 고약하게 행동한 거니까.

성실한 양치기가 여기까지 따라왔군.

그 사람을 존중하고 사랑해주시오.

당신을 흠모하고 있잖소.

피비

(실비어스에게) 착한 실비어스.

이 젊은이에게

사랑이란 게 어떤 건지 얘기 좀 해줘.

실비어스

사랑이란 한숨과 눈물로 채워진 것이죠.

피비에 대한 내 사랑이 그렇듯이.

피비

가니메데스에 대한 내 사랑도 그래.

올란도

로잘린드에 대한 내 사랑도 마찬가지요.

로잘린드(가니메데스)

여자가 아닌 사람에 대한 내 사랑 또한 그렇소.

실비어스

사랑은 믿음과 섬김입니다.

피비에 대한 내 사랑이 그렇듯이.

피비

가니메데스에 대한 내 사랑도 그래.

올란도

로잘린드에 대한 내 사랑도 그렇소.

로잘린드(가니메데스)

여자가 아닌 사람에 대한 내 사랑 또한 그렇소.

실비어스

사랑은 온통 환상이에요.

또 열정과 소망, 흠모와 순종,

헌신으로 가득 찬 것이기도 하지요.

겸손과 인내, 조바심으로 가득 찰 때도 있어요.

순수한 마음과 시련으로 물들기도 하지요.

피비에 대한 내 사랑이 그렇습니다.

피비

가니메데스에 대한 내 사랑도 그래.

올란도

로잘린드에 대한 내 사랑도 마찬가지라오.

로잘린드(가니메데스)

여자가 아닌 사람에 대한 내 사랑 또한 그렇소.

피비

(가니메데스에게) 사랑이 그런 거라면

당신을 사랑하는 나를 왜 나무라는 거죠?

실비어스

(피비에게) 사랑이 그런 거라면

너를 사랑하는 나를 왜 나무라는 거니?

올란도

사랑이 그런 거라면

당신을 사랑하는 나를 왜 나무라는 거요?

로잘린드(가니메데스)

(올란도에게) 아니, 도대체 누구에게

'당신을 사랑하는 나를 왜 나무라는 거요?'

라고 말하는 겁니까?

올란도

여기에 없고,

내 말을 듣지도 못하는 여인에게 한 말이오.

로잘린드(가니메데스)

이제 이런 얘기는 그만하시오.

이건 마치 달을 보고 울부짖는

아일랜드 늑대들 같소이다.

(실비어스에게) 할 수만 있다면

내가 당신을 돕겠소.

(피비에게) 할 수만 있다면

내가 당신을 사랑하겠소이다.

여러분, 내일 다 같이 만나기로 합시다.

(피비에게) 내가 여자와 결혼해야 한다면

당신과 하겠소.

나는 내일 결혼할 거요.

(올란도에게) 내가 남자의 사랑을 채워줄 수 있다면

당신의 사랑을 채워주겠소.
당신도 내일 결혼할 거요.
(실비어스에게) 당신이 바라는 것을 주어
당신을 기쁘게 할 수 있다면
내가 그렇게 해주겠소.
당신도 내일 결혼할 거요.
(올란도에게) 로잘린드를 사랑하니
내일 여기서 만나는 거요.
(실비어스에게) 피비를 사랑하니
내일 여기서 만나는 거요.
여자가 아닌 사람을 사랑하는 나도
내일 여기서 만날 겁니다.
그럼 잘들 가시오.
나와 한 약속들을 반드시 지켜야 하오.

실비어스

살아있는 한 반드시 지키겠습니다.

피비

나도 그러겠어요.

올란도

나도 그러겠소.

(모두 퇴장한다)

5막 3장

『아덴 숲』

(터치스톤과 오드리 등장한다)

터치스톤

오드리, 내일은 기쁜 날이야.
우린 내일 결혼하는 거라고.

오드리

저도 이 결혼을 간절히 원해요.
한 남자의 아내가 되길 바라는 게
염치없는 소망은 아니겠죠?
(시종 두 명 등장한다)
저기 쫓겨나신 공작님의 시종들이 오는데요.

시종 1

마침 잘 만났네요,
광대 나리.

터치스톤

그래, 잘 만났다.

이리 와서 앉지.

노래나 한 곡 뽑아 봐.

시종 2

좋습니다.

가운데 앉으시죠.

(모두 자리에 앉는다)

시종 1

바로 시작할까요?

헛기침을 크게 하거나 침을 뱉거나

목이 쉬었다고 둘러대지 않기입니다.

그런 건 목소리가 좋지 않은 사람들이나 하는

변명에 불과하니까요.

시종 2

좋아, 말 한 마리에 같이 올라탄

두 집시처럼 합창하세.

시종들

(노래한다)

"사랑하는 처녀, 총각이

저 푸른 밀밭을 지나네.
바야흐로 봄, 반지 주고받기 좋은 계절.
새들도 노래하는 봄.
아름다운 연인들 봄을 사랑하네.

호밀밭 사이에
아름다운 처녀, 총각 함께 눕는다네.
바야흐로 봄, 반지 주고받기 좋은 계절.
새들도 노래하는 봄.
아름다운 연인들 봄을 사랑하네.

연인들이 흥얼거리는 이 노래
인생은 그저 한 송이 꽃이라네.
바야흐로 봄, 반지 주고받기 좋은 계절.
새들도 노래하는 봄.
아름다운 연인들 봄을 사랑하네.

그러니 이 순간을 잡아야지.
사랑은 계절의 여왕 봄에 완성된다네.
바야흐로 봄, 반지 주고받기 좋은 계절.
새들도 노래하는 봄.
아름다운 연인들 봄을 사랑하네."

터치스톤

젊은이들, 가사는 그럭저럭 괜찮은데

가락이 사뭇 귀에 거슬리는군.

시종 1

잘못 들으셨겠죠.

음을 잘 지켰고 박자도 놓치지 않았는데요.

터치스톤

내 말이 맞는다니까 그러네.

내가 박자를 맞추면서 들었거든.

엉터리 노래를 듣느라 시간만 버렸군.

하느님의 자비로

자네들 목소리나 뜯어고치면 좋겠어.

가자, 오드리.

(모두 일어서서 퇴장한다)

5막 4장

『아덴 숲』

〔전임 공작, 아미엔스, 제이퀴즈, 올란도,
올리버, 실리아(알리에나) 등장한다〕

전임 공작

올란도, 그 젊은이가 약속한 것을
다 지킬 수 있으리라 믿는가?

올란도

때로는 믿고 때로는 믿지 못하겠습니다.
희망 품기를 두려워하면서
그 두려움이 뭔지도 아는 사람들처럼 말입니다.

〔로잘린드(가니메데스), 실비어스, 피비 등장한다〕

로잘린드(가니메데스)

우리가 한 약속을 확인할 동안
조금만 더 기다려주십시오.
(공작에게) 제가 따님인 로잘린드를 데려오면
여기 있는 올란도에게 따님을 주시는 겁니까?

전임 공작

그렇게 하지.
내게 왕국이 있어 그 애와 함께 내주어야 한대도
그럴 걸세.

로잘린드(가니메데스)

(올란도에게) 내가 로잘린드를 데려오면
그녀를 아내로 맞이하겠소?

올란도

그렇게 하겠소.
내가 모든 왕국의 왕이라고 해도
그럴 거요.

로잘린드(가니메데스)

(피비에게) 내가 아가씨와 결혼하겠다고 하면
나와 결혼하겠소?

피비

그렇게 하겠어요.
한 시간 뒤에 죽는 한이 있어도
그럴 거예요.

로잘린드(가니메데스)

하지만 나와 결혼하기 싫어지면

이 성실한 양치기와 결혼하겠다고 하셨소이다.

피비

그러기로 약속했어요.

로잘린드(가니메데스)

(실비어스에게) 피비가 당신과 결혼하겠다고 하면

그녀를 아내로 맞이하겠소?

실비어스

피비를 아내로 맞는 것이 곧 죽음일지라도

그렇게 하겠습니다.

로잘린드(가니메데스)

저는 이 문제를 다 해결해드리겠다고 약속했습니다.

공작님, 따님을 올란도에게 주시겠다는 약속을 지키십시오.

올란도, 공작의 따님을 아내로 맞겠다는 약속을 지키시오.

피비, 나와 결혼하겠다는 약속을 지키시오.

그렇지 않고 나를 퇴짜 놓을 경우에는

이 양치기와 결혼하겠다는 약속을 지켜야 하오.

실비어스, 피비가 나와의 결혼을 퇴짜 놓으면

그녀와 결혼하겠다는 약속을 지켜요.

이제 이 모든 문제를 해결하기 위해

저는 잠시 물러가겠습니다.

〔로잘린드(가니메데스), 실리아(알리에나) 퇴장한다〕

전임 공작

저 젊은이는 내 딸과 아주 많이 닮았어.
볼 때마다 그 애가 떠올라.

올란도

공작님, 저도 저 젊은이를 처음 보았을 때
따님의 오빠인 줄 알았습니다.
하지만 그는 이 숲에서 태어났고,
친척에게서 위험천만한 마법의 기초를 배웠답니다.
친척이라는 분은 이 숲속에 은둔하고 있는
뛰어난 마법사라고 들었습니다.

(터치스톤, 오드리 등장한다)

제이퀴즈

쌍쌍이 방주로 몰려드는 걸 보니
대홍수가 한 차례 더 일어날 모양입니다.
저기 아주 괴상한 짐승이 짝지어 오는군요.
모두가 저런 부류더러 바보라고 하지요.

터치스톤

여러분, 안녕하신가요?

제이퀴즈

공작님, 이 사람을 반겨주십시오.

제가 숲에서 자주 보았던 어릿광대가

바로 이 사람입니다.

잡다한 생각이 많은 사람이지요.

궁정 생활도 했었다고 큰소리치더군요.

터치스톤

제 말을 의심하는 사람이 있다면

어디 저를 시험해보라고 하세요.

저는 궁에서 우아하게 춤도 추어봤고,

귀부인에게 알랑거리는 짓도 해봤습니다.

친구에게 잔꾀도 부려봤고,

원수에게 아부하기도 했지요.

옷값을 치르지 않아 재단사 세 명을

망하게 한 적도 있는걸요.

다툼이 네 번 있었는데,

그중 한 번은 결투로 이어질 뻔했습니다.

제이퀴즈

그걸 어떻게 원만하게 해결했소?

터치스톤

결투하려고 만난 자리에서 깨달았지요.

그 다툼의 원인이
일곱 번째 사유에 있었다는 것을요.

제이퀴즈

'일곱 번째 사유'라니?
공작님, 정말 재미있는 친구입니다.

전임 공작

그래, 썩 마음에 드는 친구군.

터치스톤

감사합니다.
그 마음이 변치 않으시길 바랍니다.
제가 무작정 찾아온 이유는
여기서 결혼하는 시골 사람들 틈에 끼어
결혼 서약을 하고,
뒤에 그 서약을 깨고 싶어서입니다.
결혼으로 하나가 되었다가 다른 마음이 생기면
결혼의 결속을 깨기도 하잖아요.
이 처녀는 불쌍하고 못생기긴 했지만
제 사람입니다.
아무도 데려가지 않는 이 여자를
데리고 살기로 한 건 다 제가 별나서 그렇습니다.
공작님, 고귀한 정절은
구두쇠처럼 허름한 집에 사는 법이랍니다.

영롱한 진주가
못난 조개껍질 속에 들어있듯이 말이에요.

전임 공작

눈치가 빠르고 입심도 좋은 친구군.

터치스톤

어리석은 자는
금방 밑천이 드러나기 마련입니다.
실속 없이 요란할 뿐이죠.

제이퀴즈

그런데 일곱 번째 사유는
아직 얘기하지 않았소.
다툼이 일곱 번째 사유 때문에 일어났다고
생각한 근거가 무엇이오?

터치스톤

거짓말에 이르는
일곱 단계가 있어서 그렇습니다.
오드리, 몸가짐을 좀 더 바르게 해.
말씀드리자면 이렇습니다.
하루는 어떤 신하에게
수염을 다듬은 모양이 마음에 들지 않아서
제가 보기 싫다고 말했어요.
그는 제가 뭐라고 하든

자신은 그게 마음에 든다고 대답했지요.
이런 걸 '정중한 대꾸'라고 하지요.
제가 수염 다듬은 모양이 보기 싫다고 거듭 말하면
그는 자기가 좋아서 그렇게 다듬었다고 말하겠지요.
이런 걸 '점잖되 날이 선 대꾸'라고 합니다.
제가 또다시 수염 다듬은 모양이
마음에 들지 않는다고 한다면
그는 제 판단을 하찮게 여길 겁니다.
이런 걸 '무례한 대꾸'라고 하지요.
그래도 수염 모양이 이상하다고 하면
그는 제가 사실을 말하지 않는다고 답할 겁니다.
이런 걸 '단호한 질책'이라고 하지요.
또다시 수염 모양을 트집 잡으면
그는 제가 거짓말을 한다고 답할 겁니다.
이런 건 '도발적 대꾸'입니다.
이런 식으로 '우발적 거짓말'과
'대놓고 하는 거짓말'까지 나아갑니다.

제이퀴즈

그럼 수염 다듬은 모양이 보기 싫다는 말을
몇 번이나 한 거요?

터치스톤

저는 '우발적 거짓말'보다 더 나가지는 않았고,

상대도 저더러 대놓고
거짓말쟁이라고 하지는 않았습니다.
그래서 우리는 결투하려고 칼을 뽑아 들었다가
그냥 헤어졌습니다.

제이퀴즈

거짓말에 이르는 단계를
순서대로 다시 말해줄 수 있소?

터치스톤

물론입니다.
당신들에게 훌륭한 예의범절을 가르쳐주는
교본이 있듯이,
우리에게는 명예로운 결투 관례를 알려주는
교본이 있고,
그 교본대로 결투를 합니다.
거짓말에 이르는 단계를 말씀드리지요.
첫째 '정중한 대꾸',
둘째 '점잖되 날이 선 대꾸',
셋째 '무례한 대꾸',
넷째 '단호한 질책',
다섯째 '도발적 대꾸',
여섯째 '우발적 거짓말',
일곱째 '대놓고 하는 거짓말'

이런 순서입니다.
그런데 마지막의 대놓고 하는 거짓말 말고는
다 궁지에서 벗어날 길이 있습니다.
대놓고 하는 거짓말도
'만약'이라는 말을 덧붙이면
난처한 상황을 모면할 수 있답니다.
전에 판사 일곱 명이
머리를 맞대고도 해결하지 못한 다툼이 있었지요.
당사자끼리 직접 만났을 때
둘 중 한 사람이 '만약'이라는 말을 떠올리고는
이렇게 말했어요.
'만약 당신이 이만저만하다고 얘기했다면,
나는 여차저차하다고 얘기했을 거요.'
그러자 두 사람은 악수를 하고
의형제가 되기로 맹세했답니다.
'만약'이라는 말은 가장 훌륭한 평화 중재자입니다.
그 말에는 막강한 힘이 있지요.

제이퀴즈

공작님, 참 보기 드문 친구 아닙니까?
무엇이든 다 잘하는 광대예요.

전임 공작

가짜 말 뒤에 숨어서

사냥감에 다가가는 사냥꾼처럼
이 사람은 어리숙한 척하며
재담을 쏟아내는군.

(히멘, 로잘린드, 실리아 등장하고,
음악이 은은하게 흐른다)

히멘

땅 위의 생명들이 뜻을 모아
하나로 화합하니
하늘에도 기쁨이 넘치네.
선한 공작이여, 딸을 맞으라.
결혼의 신 히멘이 하늘에서 데려온 그대의 딸을
바로 이곳에 데려왔으니
남자의 손에 딸의 손을 건네주어라.
그 남자의 마음은 딸의 마음속에 있나니.

로잘린드

(공작에게) 아버지께 저를 바칩니다.
저는 아버지의 딸이니까요
(올란도에게) 당신께 나를 바칩니다.
나는 당신의 신부니까요.

전임 공작

내가 제대로 보았다면
너는 내 딸이 맞는구나.

올란도

내가 제대로 보았다면
당신은 나의 로잘린드가 맞소.

피비

눈앞에 보이는 게 사실이라면
내 사랑이여, 안녕히!

로잘린드

(공작에게) 아버지께서 제 아버지가 아니시면
저는 아버지가 없습니다.
(올란도에게) 당신이 나의 올란도가 아니라면
나는 남편이 없습니다.
(피비에게) 당신이 피비가 아니라면
내가 여자와 결혼하는 일은 없을 겁니다.

히멘

쉿, 모두 조용히 하라.
혼란을 막기 위해 몹시 이상한 이 사건을 매듭짓겠다.
모두의 마음이 진심이라면,
여기 모인 여덟 사람은
히멘에게 서약하며 손을 맞잡으라.
(로잘린드와 올란도에게) 어떤 역경도

두 사람을 갈라놓지 못할 것이다.
(실리아와 올리버에게) 두 사람은 한마음 한뜻이 되었도다.
(피비에게) 그대는 이 남자의 사랑을 받아들여라.
그렇지 않으면 여인을 남편으로 맞게 될 테니.
(오드리와 터치스톤에게) 겨울철에
사나운 날씨가 따라다니듯
두 사람은 늘 함께할 것이다.
(모두에게) 우리가 결혼 축가를 부르는 동안
그대들은 궁금한 것을 물어 답을 얻으라.
우리가 어찌 이 자리에 모였고,
어찌 이 일이 마무리될지
궁금증을 풀어줄 것이니.
(노래)
"결혼은 위대한 유노 여신의 선물,
먹고 자는 것도 늘 함께하는 축복받은 결합이여.
결혼의 신 히멘이 있어 마을마다 넘치는 사람들.
고귀한 결혼을 영광되게 하라.
영광, 드높은 영광과 명예를
모든 마을의 신 히멘에게 바치리."

전임 공작

(실리아에게) 내 소중한 조카딸, 어서 오너라.
친딸과 다름없이 온 마음으로 환영한다.

피비

(실비어스에게) 내가 한 약속을 거둬들이진 않겠어.
이제 네가 내 남편이야.
너의 변함없는 사랑이 내 마음을 붙잡았어.

(제이퀴즈 드 보이스 등장한다)

제이퀴즈 드 보이스

여러분, 잠시 실례하겠습니다.
드릴 말씀이 있어서 왔습니다.
저는 롤란드 경의 둘째 아들이며,
이 경사스러운 자리에
몇 가지 소식을 전하러 왔습니다.
명망 있는 분들이 하루가 멀다 하고
이 숲에 드나든다는 소문을 들은 프레드릭 공작이
친형을 잡아 처형할 목적으로 몸소 군대를 일으켰습니다.
군대를 이끌고 이 외딴 숲 경계까지 왔다가,
그곳에서 나이 든 수도사를 만났지요.
공작은 그와 대화를 몇 마디 나누더니
마음을 고쳐먹고는 자신의 계획을 버리고
세상도 버리기로 했습니다.
추방했던 형님께 작위를 되돌려주고,

형님과 함께 망명길에 올랐던
귀족들에게서 몰수했던 땅도
전부 되돌려주겠다고 합니다.
이 모든 내용이 사실임을
제 목을 걸고 맹세합니다.

전임 공작

젊은이, 잘 왔소.
자네가 형제들 결혼식에
훌륭한 선물을 가져왔군.
올리버에게는 빼앗겼던 땅을,
올란도에게는 강력한 공국의 영토 전체를
선물로 주었소.
여러분, 이 숲에서 시작된 일들이
좋은 결실을 보았으니 잘 매듭지읍시다.
그러고 나서
험난한 시간을 함께 견뎌온 모든 이들에게
내가 돌려받은 재산을 나누어주겠소.
각자의 신분에 맞게 골고루 돌아갈 것이오.
새롭게 얻은 지위는 잠시 잊고,
전원의 소박한 술잔치에 빠져봅시다.
어서 음악을 연주하라.
신랑 신부는 모두 나와서 흥겹게 춤을 추시오.

제이퀴즈

(제이퀴즈 드 보이스에게) 이보시오,

내가 옳게 들었는지 모르겠소.

프레드릭 공작께서 엄숙한 궁정 생활을 버리고

종교에 귀의하셨다고요?

제이퀴즈 드 보이스

그렇습니다.

제이퀴즈

그럼 나는 그분을 찾아가야겠소.

종교에 귀의한 사람에게는

보고 배울 게 많으니 말이오.

(공작에게) 전과 다름없이 공작님을 공경합니다.

하늘도 공작님의 인내와 미덕에 감복한 듯합니다.

(올란도에게) 당신의 진실한 마음이 사랑을 얻었소.

(올리버에게) 당신은 토지와 사랑,

많은 동지를 얻었구려.

(실비어스에게) 자네는 오래전부터

그녀의 남편 자격이 충분했으니 신혼을 즐기게.

(터치스톤에게) 자네에게는 부부간의 다툼이 남았군.

사랑의 항해를 위한 식량이 고작 두 달 치뿐이니.

그럼 즐거운 시간들 보내시오.

난 춤 말고 다른 것을 찾아가겠소.

전임 공작

제이퀴즈, 가지 말게.

제이퀴즈

흥겨운 자리에는 함께하지 않겠습니다.

공작님께서 지내시던 동굴에 가 있을 테니

제게 볼일이 있으시면 그리로 오십시오.

(퇴장한다)

전임 공작

그럼 계속합시다.

예식을 진행하시오.

이 예식은 우리 소망대로

진정한 기쁨 속에 마무리될 것이오.

(다 같이 춤을 추다가 퇴장하고,

로잘린드만 남는다)

에필로그

로잘린드

여러분, 여자가 극을 마무리하는 게
흔한 일은 아니지만,
남자가 극을 시작하는 것보다
더 이상한 일은 아닙니다.
좋은 포도주에 광고판은 필요 없다는 말이
사실이라면,
좋은 연극에 에필로그는 필요 없다는 말 또한
사실일 겁니다.
하지만 좋은 포도주가 멋진 광고판 덕에
더욱 널리 알려지듯이,
좋은 연극도 인상적인 에필로그가 뒷받침해주면
한결 재미있는 연극으로 기억될 됩니다.
그런데 저는 어쩌면 좋습니까?
좋은 에필로그를 내놓지도 못하고,
기억에 남는 좋은 연극이 되도록

여러분의 환심을 사지도 못하니 말입니다.
거지 분장을 하지 않았으니
구걸하는 것도 마땅치 않습니다.
그러니 제 방식대로 간청해보겠습니다.
숙녀분들부터 시작하죠.

숙녀 여러분,
가슴속에 품고 있는 사랑하는 남성을 생각하며
이 연극을 마음껏 즐겨주세요.

그리고 신사 여러분,
가슴속에 품고 있는 사랑하는 여인을 생각하며
(히죽히죽 웃으시는 걸 보니
여인을 싫어하는 남자분은
안 계신 것 같군요)
그 여인과 함께 이 연극을 마음껏 즐겨주십시오.

만일 제가 진짜 여자라면
멋지게 턱수염을 기른 분,
제가 좋아하는 외모와 숨결을 지닌 모든 분에게
입을 맞춰드릴 겁니다.
그리고 턱수염이 멋지고,

얼굴이 잘생기고,

숨결이 달콤한 분들은

저의 친절한 제안을 생각해서라도

제가 인사할 때

아낌없는 박수를 보내주시리라 확신합니다.

(퇴장한다)

끝.

"문학이 들려주는 삶의 지혜와 즐거움"
RAINBOW PUBLIC BOOKS

뜻대로 하세요

발행일 초판 1쇄 2022년 5월 16일

발행인 박성범
지은이 윌리엄 셰익스피어
옮긴이 정유선
편 집 강수진, 김호준
디자인 서은주
마케팅 이선영
발행처 레인보우 퍼블릭 북스
등 록 제2021-000021호

주 소 〔우06212〕 서울시 강남구 테헤란로 328, 4층
(역삼동, 동우빌딩)
전 화 02-415-9798
팩 스 0504-082-1519
이메일 submit@rpbooks.co.kr

ISBN 979-11-90978-20-0 (03840)

- 책값은 뒤표지에 있습니다.
- 파본이나 잘못 인쇄된 책은 구입하신 서점에서 교환해 드립니다.